U0948965

偏听偏信——私房音话

Pian Ting Pian Xin

莫幼群 著

合肥工业大学出版社

序：临终之耳

音乐像一列永不停歇的列车，永远向前行驶。它从不主动招呼你上去，但无论你在哪一个时刻从哪一个站点以哪一种方式上车，你立刻会被音乐的雾气包围。在浓浓的雾气中，你看不清其他乘客的表情，只知道是无限满足吧；你也不清楚究竟有多少曲子，只知道是无限丰富吧。然而你只能听到其中很少的一部分，就得下车了。而音乐列车继续向前行驶，好像从来没有你这个人上车一样……

有位乐评家说，真希望自己死去后能再活一次，好再次体验第一次听到门德尔松小提琴协奏曲时的新鲜感。照这样的说法，为了音乐，我也得再活一次。而在这多出来的一次生命中，我至少安排三次重温：第一次，重温初次听到格里格《索尔维格之歌》的感觉；第二次，重温初次听到维瓦尔第《四季·冬》广板的感觉；第三次有点俗了，重温初次听到王杰《是否我真的一无所有》的感觉——那时我正骑着破自行车，在街上乱转，歌声从一家路边音像摊的砖头收录机里传来，听在了我的耳朵里，19岁的我正一无所有……再说下去，就显得有些贪了。

人活在世间，终究有一种贪吧。爱因斯坦有句名言，离开人世，就意味着再也听不到莫扎特的音乐了。这个人不慕权位——曾拒绝出任以色列总统，不追时尚——甚至在接受荣誉博士学位的典礼上都戴着旧草帽，却对音乐流露出孩童般的贪恋。

世上有两样东西要与死神起舞时才越发显出它的珍贵，一样是爱情，一样就是音乐。

据说，人在临终时，眼前会像放电影一样重现自己的一生，这样说来，最后消亡的该是视觉了。但我却固执地认为，最后消亡的不是视觉，而是听觉，就像我们进入每一次日常的睡眠那样。日本作家总爱唠叨他们的“临终的眼”：芥川龙之介说，“自然的美，映现在我临终的眼”；川端康成则说，“一切艺术的奥秘，临终的眼都可看出”。有“临终之眼”，也会有“临终之耳”。“临终之耳”会听到什么呢？让我来想象一下：有乐音，也会有噪音，乐音与噪音、有序与无序相交替，最后归为一种奇妙的声响——就像托马斯·曼的那篇短篇小说，那个患了不治之症的男青年，听到了“隔壁几个房间一种无以名状的声音，一个轻快的、透明的、金石般的音符。但这可能是个幻觉。就像一枚金戒指掉进银瓶里”。而这之后，是无边无际的静默……

就像金戒指掉进了银瓶里，那么清脆、那么玲珑、那么轻柔，这个“轻快的、透明的、金石般的音符”。多美啊，请为我停留一下！可惜从浮士德到托马斯·曼笔下的男青年，到无论哪个谁谁谁，说这话时都已经迟了。

音乐列车继续向前，不招呼任何人，也不为任何人停留。

PS：就像那部催人泪下的电影《附注我爱你》一样，通常出现在附注里面的都是最想说的话，却因为羞涩而安静地藏在最不起眼的角落。因为这本书，我要感谢我的家人，她们给我提供了一个安逸的生活环境；要感谢我的编辑部同事，她们给我提供了宽松的工作空间；要感谢我的朋友，她们用耐心和酒精与我分享倾听和谈论音乐的快乐；要感谢潘小娴、钱红丽、刘睿、陶妍妍等编辑，文集中的许多作品是在她们主编的报刊版面首发的。

以上全用了“她们”，其实里面涵括了“他们”——不仅是因为女士优先，更是因为在这样一个“她世纪”，我们愿意被她们涵括。

还有一个她：谨以此书献给我故去的外婆赵庆兰女士。

莫幼群

2010年4月

Content
目录

第三辑　曾经驴耳

第一辑　捡拾歌魂

马不停蹄的致敬

不朽的甜姐儿

有人说，悲苦的勃拉姆斯总是“暗自分泌着苦绿的胆汁”，而这胆汁在音乐中形成“比珊瑚更翠微的结晶”。那么，邓丽君的歌就是一只孱弱的肺所分泌的蜜汁。纠缠她一生的，有欲说还休的情伤，有当间谍的心理阴影，有难以治愈的哮喘……而她竦身一摇，把这一切轻轻躲开，捧到人前的全是大把大把的柔情蜜意。

邓丽君继承了中国的“歌女传统”并成功地作了现代转型，她改造了小调使之成为国人的心灵安慰剂。她永远是那种最温暖的唱法，永远是那种最体贴的形象。当她唱“所以我求求你，别让我离开你，除了你我不能感到一丝丝情意”时，那不是乞求，而是给予；甚至当她唱“三百六十五个日子不好过，你心里根本没有我，把我的爱情还给我”时，那也不是震怒，而是提醒。她永远是在给予，以小女子的宽容，以小女子的豁达，以小女子的境界。现代女权主义者肯定不以为然，会将这种“给予”斥责为懦弱，但我觉得，改造方案似乎不该是把它从女性身上拿走，而是应该让恋爱中的男女同时具有。

在邓丽君身后，大批歌手马不停蹄地翻唱她的曲目，以此来表达各自的敬仰之情。其中给我留下最深印象的专辑有两张，一张是内地摇滚歌手的翻唱合集《告别的摇滚》，另一张就是王菲的《菲靡靡之音》。

在《告别的摇滚》中，摇滚青年们对邓丽君进行了大胆的改造：轮回乐队给《在水一方》注入了远古神话般的瑰丽，郑钧使《船歌》具有了黄土地秦腔般的高亢，《爱的箴言》被黑豹吼得像进行曲一样昂扬，《路边的野花不要采》则被臧天朔唱得像赶庙会那么喧闹……别样的演绎带来了一定的新意，只可惜摇滚青年们的肺太健康了，他们用力过猛，把“乐而不淫，哀而不伤”丢得一干二净。但不管怎么说，这仍然是一张可爱的唱片，它足以证明，邓丽君的柔情能征服包括摇滚铁汉在内的所有人，尽管当他们自己表现这种柔情时显得有些笨拙。

不用说，王菲有一个超凡脱俗的肺，一个精力无比充沛的肺。她把邓丽君唱高了，唱亮了，唱远了，但也唱清了，唱冷了，唱薄了。王菲唱腔的源头是西北偏北的爱尔兰小红莓，是比北方更北的冰岛比约克，挥不去的清冷和稀薄。德彪西说，听挪威作曲家格里格之作如嚼雪中之果，这也是我听王菲大多数歌曲的感受。而邓丽君是什么呢？是春风中的花蜜。王菲之所以超越不了邓丽君，是因为她没有邓丽君那种天生的喜感和暖意，也就进入不了中国式乐感文化的最核心。

夜幕降临，当无数个 KTV 包房都响起《月亮代表我的心》时，不知是我们歌唱了邓丽君，还是邓丽君歌唱了我们。总之，我们是以这种方式来向逝去十年的邓丽君致敬，向冷峻人生中越来越少的柔情蜜意致敬。

2005 年 7 月

中国制造

我在想一个问题：究竟有哪几种声音，能真正代表中国内地的风土之声呢?

一方水土养一方人。同理，一方水土出一种声音。下面我将列举的四种声音，都各自对应着一方水土，映射着一方风云。

当浩荡的风在草原上掠过，在无边无际的草原，无障无碍地掠过，腾格尔的声音响起来了。当然是激昂，但比激昂更突出的特征是敞亮；当然是高亢，但比高亢更本真的属性是通透，合成一个关键词叫："透亮"。就像蒙古民族的图腾——云。云是阳光和青草之间的桥梁，云是高远而自由的，云是豁达而不羁的。

腾格尔

雪域高原的海拔再高，也高不过李娜的嗓音。"蜀道之难难于上青天"，但经过一番艰难曲折，终于登上去了，于是看到了在喧嚣尘世难以看到的风景：布达拉宫金碧辉煌，熠熠金光似乎要把冰雪融化；藏羚羊迈着高贵的脚步，似乎想向你诉说古老的传奇；而李娜在你身边吟唱，可你看她时，又像看星星那么高远……

都说田震是西北风的代表，其实我觉得，相较黄土地，她更贴近于黑土地，方位应该在东北偏北，是北方文化的代表。豪迈中带着“有骨头的柔情”，用以演绎《铿锵玫瑰》最为适当。仔细听，你会从她的声音中听到一丝京韵大鼓的韵味，再仔细听，似乎还有一点东北二人转的泼辣。

田震——有骨头的柔情

籍贯天津的刘欢却是属于南方的，至少是长江以南吧。不是那种平原，而是略有起伏的丘陵地带，草木葳蕤，弯弯的月亮照在上面，把所有沉睡的事物唤醒——这是由刘欢主宰的抒情时间。流畅，圆熟，富于技巧，又有民族风味，在任何场合都十分讨喜。

和田震一样，其他三大声音也从民歌当中吸取了许多养分。腾格尔和李娜自不待言，刘欢的嗓子实际上也是很“土”的，会自觉不自觉地流露出北方民歌或南方小调的尾音，在唱《好汉歌》《映山红》等歌曲时格外明显（汪峰也有这种情况，特别是《飞得更高》的前半部分）。但，唯其土，才能更好地附着在芬芳的土壤上，才能更畅通无阻地走进乡党们的心田。

实际上，在南方的南方，还有一个极为个性化的声音，来自一个不出名的演唱组合——彝人制造。他们的声音很高亢，曲尽南方森林里的峰回路转；他们的声音又很温暖，氤氲着那块土地的充沛热情。在那首歌颂母亲的《妈妈》中，高亢和温暖，能融化所有听众的鼓膜。

彝人制造

可惜，彝人制造一直没有真正红起来，现在眼看要泯然于众人中了，也是遗憾。

2007 年 12 月

永远的同志

童年

光阴的故事

罗大佑和崔健分别被视为台湾和内地音乐人的精神领袖。但我以为，两者之间还是有很大差距的，崔健这枚“红旗下的蛋”，好像总是浮在半空中，他差就差在不具备罗大佑那样深厚的传统文化修养。

正是从传统文化这一线索出发，我把罗大佑的音乐创作分成三大部分，与《诗经》中的“风”、“雅”、“颂”一一对应：

“风”指的是感时伤怀的性灵之作，如《光阴的故事》《野百合也有春天》《穿过你的黑发我的手》《你的样子》《滚滚红尘》，感受大自然的节律，感叹时光的易逝，感喟爱情的不永恒和不完美。这些是罗大佑最令人难忘的作品——正如我们一提到《诗经》，最先记起的不是“关关雎鸠”、“燕燕于飞”，就是“蒹葭苍苍”、“木瓜琼瑶”。

“雅”指的是《鹿港小镇》《未来的主人翁》《亚细亚的孤儿》《现象七十二变》等讽喻之作，充满了对于世事、世情、历史变迁、人性异化的透视和反思。这些作品使罗大佑成为音乐人中的“思想者”，但客观地说，旋律性不强，传唱度较差，在音乐中过分追求思想深度，往往会犯“主题先行”、“以文为诗”的毛病。

“颂”指的是带有点主旋律色彩的应时、应景之作，包括《明天会更好》《东方之珠》，甚至包括《恋曲 1990》和《恋曲 2000》。这些作品传唱度极高，而且在庄重或欢庆的场合下唱起来，真的能营造出一种世界大同的感觉。这才是真正的大师，在必须写颂歌的时候，也能尽量写得不落俗套、不那么假大空。

一个诗经版的罗大佑，也是一个十分全面的罗大佑，只有这样的全面，才足以担起歌坛精神领袖的角色。当然，“风”的那一部分才是罗大佑对于华语歌坛最精彩的奉献，那里面没有稍嫌生硬的思考，也没有稍嫌虚假的大同，只有自然鲜活的呼吸与心跳，它伴随着我们每一个人走过了各自的“桃之夭夭，灼灼其华”，也走过了各自的“北风其凉，雨雪其雱”。当我们觉得成长太慢时，我们坐在中学教室里唱着《童年》，当我们觉得毕业太快时，我们就着啤酒唱《光阴的故事》；当我们孤单自怜时，我们唱《野百合也有春天》，当我们辨不清情感的真义时，我们唱《爱的箴言》……有一年我在乡下教书，每两个星期回城里一趟，经常要坐着破旧的车子在乡间的土路上颠簸，那阵子我听到了罗大佑的闽南语歌曲《火车》，唱的是背井离乡的人初次坐火车的情景，它使我体会到人生就是无计可逃的奔忙和艰辛，更使我意识到即使在你身为草根时，仍然能从罗大佑的歌曲中找到共鸣——这就是罗大佑，他倾听了太多异域的声音，又在传统文化的汁液中深深浸泡后傲然地浮出水面，奉献出自己的“热血、辛劳、眼泪和汗水”，最真实的，最现代的，也是最民族化的。

其实，罗大佑在旋律上是比较“偷懒”的，大多数歌曲都是昂扬的中板，朗朗上口，不过分伤感，也不过分缠绵，而是有一种隐隐约约的紧迫感，有一种弥弥漫漫的使命感，仿佛有个东西在背后追着你，不让你的灵魂有丝毫的停歇……

这种不愿停歇，恐怕就是“革命情结”吧。有人说罗大佑已经老了，可我看到的却是他在努力拉长自己的青春期，他不仅继续在唱，而且在说——比如批评乐坛现象，在做——比如撕毁美国护照。虽然有时说得并不高明，做得也并不稳妥，但我还是对这种“革命到底”的精神保持足够的尊敬。毕竟，对于他这样的成功人士来说，转而做“名士”易，继续做“志士”难。

瞧，这就是罗大佑，在任何时候都是你的同志，我们的同志，永远的同志。

2005 年 7 月

罗大佑——华语歌坛的指路人

生命的质感

我有时会干一些“买椟还珠”的事情，比如为了听两分钟的片尾曲而去看平庸拖沓的电视剧。最近央视在播电视剧《爱情20年》，平心而论，该剧不算特别出彩，说的是1980年代初的“厂矿爱情”，与前一阵子的《乡村爱情》倒是形成了有趣的对照。但片尾曲却出人意料地选用了蔡琴的《缺口》，一下子使整个剧情得到了升华。

年轻求得圆满/随着岁月走散/忍不住回头看/剩下的只是片断/生命不断转弯/起起落落变成习惯/爱情像是考验/从不承诺永远/这些年像陀螺一样旋转/爱恨都变得无关/过去的风雨留给别人评断/无愧了一切都平淡/是有一点遗憾/幸福没有答案/付出不能计算/谁能够抚平背叛/不必再去感叹/要笑着把眼泪擦干/夜晚是个难关/寂寞需要勇敢/影子不会孤独/手心还有温暖/在心里的缺口/让时间去填满……

蔡琴那充满质感的歌声，像是能划开玻璃的金刚石，轻易地在每个听者的心上划出“缺口”，从中涌出无数记忆的碎片。

人们常说一件东西很有质感，或者说这件东西比那件东西更有质感。究竟什么是质感？从物理层面上说，大概是指构成该事物的材质更加细腻和致密，然后又经过了更多的磨砺和锻造；从气韵层面上说，则是指该事物周身散发着一种别样的光芒——不是咄咄逼人的耀眼的光辉，而是底气十足的沉着的光芒，让人看了既舒服又心生敬意。

蔡琴的歌声无疑特别有质感，说她是华语歌坛最有质感的女声，恐怕也不为过。

质感首先来自于蔡琴的嗓音。形容她嗓音的词汇，历来有“典雅”、“浑厚”、“中性”、“磁性”等一大串。典雅而不失之矫揉，华贵而不失之奢靡，浑厚而不失之板滞，舒缓而不失之松弛，中性而不失之枯涩，磁性而不失之媚惑，正是蔡琴高出别人的地方。所以，她的声音不仅成了检验其他肉声的试金石，更成了检验机械的试金石。买音响要试音时，音响店老板必定会拿出蔡琴的碟子，《无间道》里就有这样的场景。“是谁，在敲打我窗。是谁，在撩动琴弦。那一段，被遗忘的时光，渐渐地，回升出我心坎。那缓缓飘落的小雨，不停地打在我窗，只有那沉默不语的我，不停地回想过去……”当这首《被遗忘的时光》响起时，仿佛是出自青山翠谷，很远很远，又仿佛是真的有人在轻叩你的窗棂，很近很近。无论试音现场周遭有多少杂乱吵闹的声音，蔡琴独一无二的嗓音，总是能将它们全部击退，顷刻间就与你的心弦达成了最好的共振。

蔡琴的质感人生

质感更来自于歌曲的意蕴。蔡琴唱过各种情感类型的歌曲，有《你的眼神》的“情挑”，有《爱断情伤》的“情伤”，有《绿岛小夜曲》的“情悦”，有《出塞曲》的“情哀”，但我最喜欢的还是上面提到《缺口》和《被遗忘的时光》。这两首歌像是蛮横的时间机器，不由分说地把你推进一条记忆的长河之中，溯流而上，温习那一个个拐点，细数那一个个旋涡，复制所有的“起落”，复活所有的“遗忘”。虽然带着浓厚的怀旧意味，但却没有过多的伤感，而是站在了一个将自我当作客体观照的高度上，流淌出从容和淡定，流淌出包容和豁达。这两首歌也正是蔡琴的“自叙状”，融进了她的生命体验和人生感悟。众所周知，蔡琴这一生遭遇了太多的坎坷，爱人的背叛，亲人的撒手人寰，失声和失明的威胁，但她却依靠自己的坚忍和智慧，将这些缺口悉数填满。如今的她，站在时间的长河边气定神闲，笑看云卷云舒，漫歌花开花落。没有蔡琴的嗓音，唱不“出”这两首歌；没有蔡琴的阅历，又唱不“进”这两首歌。这完美的一“出”一“进”，也就切断了所有试图翻唱者的退路。

当我们独立展开自己的人生时，一股生命的暖流推动着我们起航，这暖流会下沉，会被岩石阻挡，会被寒流冲散，但不会消失，而是会在你参透生命的意义时，重新喷涌。当我们经历了风风雨雨，当我们变得雍容大度而舍弃了许多东西时，我们的生命分量并没有因此变轻，而是变得更加沉甸甸的——这种因“舍得”而“获得”的重量，就是生命的质感。

2007 年 4 月

那些夏天

我一直不明白朴树为什么喜欢歌颂夏天，甚至自许为“生如夏花”。照理说，他的出生地是南京，活动地在北京，都是出名的“苦夏”：夏天不仅炎热，而且冗长。只能说，他生活在别处，他的夏天也在别处。

是的，最值得歌颂的恐怕是俄罗斯的夏天，真正的“像惊鸿一样短暂，像夏花一样绚烂”。花木美不胜收，夜莺在林间婉转，人们彻底从严寒中复苏过来，在度过短暂的夏天后又立刻被寒冷包裹。正因为短暂，所以格外让人留恋，所以才有涅瓦河畔的惊鸿一瞥，才有美妙的“莫斯科郊外的晚上”。

朴树的雅痞范儿

朴树的成名作《白桦树》无论从曲风还是意境，都是彻底的俄罗斯风格，这在音乐创作上称为“拟作”。其实，以朴树的年龄，似乎不该有那么多的“苏俄情结”，可是他恰恰把这种情结表达得比谁都好，而且征服了比他更年轻的听众的心。或许这是父辈的苏俄情结在后代心灵深处的投射，或许是我们每个人心中本来就满含着对于远方的念想。

在《Colorful Days》中，朴树走得更远，把白桦林的阴翳换成了加州的阳光。这首歌和同名专辑中的《我爱你，再见》《傲慢的上帝》等大部分歌曲，都十分近似美国六七十年代曲风，而在专辑的封面上朴树写道：“在阳光下，献给你，我最好的年华。”另一个不同于《白桦林》的地方，是他不再弹着吉他静静说着别人的故事，而是自己成为了主角。在《Colorful Days》的 MTV 里，朴树驾车在公路上奔走，公路两边是被夏日阳光晒得发烫的荒野，这样的情景让人想起凯鲁亚克的小说《在路上》，想起好莱坞电影《邦妮和史莱德》和《末路狂花》……下一站朴树还能去哪儿呢？荒野的下一站是沙漠，而沙漠的深处是海市蜃楼，是彻底的幻觉。

朴树这朵夏花盛开在虚幻的异域土壤里，原本就没有多少血色，一到阳光下就更显得苍白，正如想要冷酷却越发显得孱弱。但朴树恰恰以虚幻的异国情调、苍白的面影和孱弱的声线征服了我们，征服了同样苍白而没有血色的我们。他在唱着，我们在听着，一起把这种苍白当作 Colorful Days。

夏天是最能产生幻觉的季节。一到夏天，我们就把自己封闭起来，寄居在音乐的贝壳里。我们足不出户，却似乎比任何时候都走得更远。我们过着自己的夏天，也过着别人的夏天——朴树的夏天，伊凡和柳芭的夏天，苏珊和乔治的夏天，以及所有能在幻觉中看到的夏天……

这么多个夏天全融化了，像冰淇淋融化在舌尖那样，融化在异域，融化在乌有乡，融化在忘川。那些自我封闭的日子里分泌的汁液都到哪里去了，它们全流向了朴树歌中那片“失传已久的大海”……

2005 年 7 月

蜻蜓与花儿

里尔克

叶芝

我有时读一点欧美现代诗歌，这似乎有一点雅；而大量时间用来听流行歌曲，这似乎又很俗。但我总想打通雅与俗的隔墙，找出两者之间的联系。说句大言不惭的话，在下正做着一门叫“比较诗歌学”的学问。

在叶芝那些清新而又充满玄思的民谣体诗歌中，我最喜欢的是《柯尔庄园的野天鹅》，它写的是诗人与“五十九只天鹅”的反复邂逅，相当于古典诗词中的“鹭约鸥盟”。诗人住在风景如画的柯尔庄园里，年复一年地为来这儿过冬的天鹅计数，很小心很仔细地数，这也是古今中外相通的“诗人痴”吧。“自从我最初为它们记数，这是第十九个秋天”，而时光就在计数声中逝去了，最后诗人发出这样的感叹：

我见过这群光辉的天鹅，/如今却叫我真痛心，/全变了，自从第一次在池边，/也是黄昏时分，/我听见头上翅膀拍打声，/我那时脚步还轻盈。

还没有厌倦，一对对情侣，/友好地冷水中行进，/或者向天空奋力地飞升，/它们的心灵还年轻，/也不管它们上哪儿浮行，/总有着激情和雄心。

它们在静寂的水上浮游，/何等的神秘和美丽！/有一天醒来，它们已飞去，/在哪个芦苇丛筑居？/哪一个池边，哪一个湖滨，/取悦于人们的眼睛？

而在我的想象中，这群悦人耳目的天鹅扑簌着光辉的翅膀，飞越了半个多世纪，飞到了遥远的东方，飞进了一群青春小子的歌声中，幻化成小虎队的《红蜻蜓》：

我们的童年也像追逐成长吹来的风/轻轻地吹着梦想慢慢地升空/红色的蜻蜓是我小时候的小小英雄/多希望有一天能和它一起飞……当烦恼愈来愈多/玻璃弹珠愈来愈少/我知道我已慢慢地长大了/红色的蜻蜓曾几何时/也在我岁月慢慢不见了……我们都已经长大/好多梦正在飞/就像童年看到的/红色的蜻蜓

有人会说《红蜻蜓》的词意太浅，意象也不高妙，但它曾带给我的感动却不亚于叶芝的诗歌。如果我们抛开雅和俗的界限，就会发现：真正好的艺术总是去掉一切枝枝蔓蔓，直奔主题，直接撞击读者或听众的内心。

显然，无论是天鹅还是蜻蜓，都象征着自己的青春，正如青春小鸟那样，青春大鸟和青春小虫也都一去不复返了。

诗人和歌者不仅爱感叹自己的青春，还爱操心别人的青春，尤其是少女的青春。黄舒骏的《你》这样问道："亲爱的你是否记得自己曾是怎样的少女/是否记得自己曾是多么羞涩多么纤细……什么事情什么人改变了你的命运/什么事情什么人使你成为现在的你……"这一声声喝问，真有一点醍醐灌顶的感觉。朴树的《那些花儿》则这样唱道："她们都老了吧/她们在哪里呀/幸运的是我/曾陪她们开放"，朴树的歌唱到最后总是声嘶力竭、有气无力，或许是有意为之，或许是真的已经用尽了所有的力气。

这两首歌的源头，我疑心都是里尔克，那个终身咏叹少女的德国诗人。里尔克一会儿说："少女们，诗人向你们学习，/学习如何表达你们的孤独"，一会儿说："她们生命中的每一扇门/都通向广大的世界，/都通向一位诗人"。但对这些话，似乎要从反面理解，里尔克其实是在炫耀一种诗人的特权——进入少女内心的特权，为少女解读生命的特权，替少女立传的特权。但里尔克为少女们做得太"过头"了，据说他51岁时因为帮一位少女采摘玫瑰，被刺扎破手指后感染死去，死得凄美而绝望。

有人会说，从心理学的角度分析，所谓的“少女”不过是歌者或诗人的自我投影，所有的少女都是一个少女，是理想的最佳载体，是青春的最佳图式。而我宁愿相信，这些诗人或歌者咏叹过的少女、怜惜过的少女，她们真的存在，她们青春已逝但过上了幸福的生活，她们嫁给了稳重人士或成功人士，多半不会嫁给那些爱自怨自艾、自说自话的人。她们并不伤心，她们总是置身于所有心灵事件之外，留下那些爱替别人伤心的人继续伤心。

2005 年 8 月

艾菲尔铁塔

蔡琴近来为眼疾所苦，我在电视上听到她亲口说自己可能快瞎了。这使我生出许多感慨，也想起乐坛的那些盲人歌者——这是一个相当特殊的群体，但人数似乎比你想象的要多。

1989 年央视连播三期《潮——来自台湾的歌》，堪称内地流行乐坛上的“大事件”。还记得其中有个盲人歌手曹松章，唱了一首《走出孤独》：“期待一个阳光灿烂的日子/奔向草原与蝴蝶共舞/期待一个阳光灿烂的日子/开启心扉迎接快乐的天使……”单从观感上来说，阳光灿烂还是乌云密布对于盲人并无区别。但歌手戴着墨镜的脸上那诚恳的表情，让你觉得盲人更需要阳光，也更能见识阳光。在他深切的歌声中，所有紧闭的眼帘和心门，被一一打开。

史蒂夫·旺德

史蒂夫·旺德是上个世纪七八十年代美国最有影响的流行歌星之一，他是一个天生失明的人。早产的旺德刚出生就被送进婴儿暖箱，却因为暖箱供氧过量而永远告别了光明。《电话诉衷情》是旺德的代表作，旋律令人难忘，歌词也极有情趣。一上来并不说“我爱你”，而是东扯西拉，从“新年的巧克力糖”、“四月的花瓣雨”、“六月的婚礼”一直唱到“七月的艳阳”、“秋天的黄叶”、“南飞的大雁”。当年我听这首歌，想起一个典故：“王顾左右而言他”。其实，所有这些自然界和人世间的风物，旺德从来就没有看见，他在唱每一样风物时，心中可能都会掠过一丝酸楚，而酸楚过后是加倍的怜惜。他用自己的灵魂之眼，把这些东西理想化了，同时被理想化的还有爱情和爱人——史蒂夫·旺德看不见，却唱得比任何人都要美。

上海徐家汇有一座天主教教堂——圣爱大教堂，建于1847年，号称远东最大。我去上海，总喜欢住在教堂旁边的气象宾馆，只为早晨可以溜达到教堂里去看一看。这是一座巍峨的法国哥特式建筑，双塔高耸入云。步入教堂，堂内也是气象宏大，狭长而高直的空间比例反差强烈，营造出天国的庄严氛围。我虽然不信教，但看着那高得像要飞离尘世的穹顶，心里面也会升腾起一种神圣感和广阔感，无法用语言描述——如果我有一双“巨眼”，能看到整个宇宙，也许我能说出和写出那种感觉。

安德烈·波切利

后来，我听到这种神圣感和广阔感被人唱出来了。这个人就是意大利盲人歌唱家安德烈·波切利，一个已经无法看到教堂高高穹顶的人。1999年波切利出了一张名为《圣歌》的专辑，演绎了16首历史上不同时期著名作曲家创作的宗教歌曲，包括舒伯特的《圣母颂》、亨德尔的《在那树阴底下》、威尔第的《叹息》以及弗兰克的《天国的食粮》。波切利虔诚的心境和精湛的唱功，使每一首歌都圣洁得让人窒息。

安德烈·波切利生来弱视，12 岁时因一次足球场上的意外而全盲。有人说他的歌是“上帝说话的声音”。或许真的是上帝在一个玄妙的时空，把他带到一个玄妙的角度，让他睁开双眼俯视宇宙，所有的浩瀚和广袤尽收眼底，所以才能唱得那么圣洁、那么高远、那么宽阔。这听起来很是玄虚，但似乎也找不到更好的解释了。

影片《黑暗中的舞者》里也有一种解释：比约克在片中扮演一个患有严重眼疾的业余歌手，眼睛就要瞎了，大千世界就要与她告别了。这时有人问她：“你见识过艾菲尔铁塔的高耸吗?”比约克回答：“不必见了，我第一次约会时的血压也一样高。”不是吗，当永久的黑暗像厚厚的帷幕降落时，就默默地潜入内心挖掘，期待着更高更强烈的喷涌。这似乎也有一点玄虚，但真的有那些不愿沉沦的灵魂，把玄虚转化成了美丽。

再回到蔡琴。即使她真的看不见了，她仍然是一座艾菲尔铁塔，声音是，心跳也是，永远屹立。

2005 年 8 月

永远出人意表的比约克

停下的钟

在电影如此之多而好电影又如此之少的当下，一部电影中有一个亮点也就足够了。《放牛班的春天》这部法国片，总体上是俗套的伤感田园诗的风格，唯一的亮点就是小男孩莫杭治的歌声，清澈高亢，在影片中缓缓流淌，终于把这部俗套流成一道清亮的小溪了。

严格地说，莫杭治不是小男孩，而是一只脚已经跨入青春期，正处于前变声期的少年。他的声音中还夹带着童音和女声的成分，几种成分在上帝的调色板上巧妙搭配，才合成了如许的清澈高亢，合成了如许的鬼魅诱惑。这声音是上帝所给予少男的礼物，是变声前的最后一抹亮色，而一旦彻底进入青春期，性别特征和性别意识崛起之后，上帝就要将这份礼物收走，清澈高亢的声音也就消失了。影片中镜头一摇，我们看到了中年之后的莫杭治，他已经是一位功成名就的指挥家，但那翩翩的风度，让人想到的字眼是“尊敬”，而绝不会是“诱惑”。

曾经有一部德国影片叫《英俊少年》，以另一种方式说着前变声期的故事。少年海因策有着与莫杭治一样的清亮嗓子，他在片中所唱的《小小少年》、《夏日里最后一朵玫瑰》，叫人经久难忘。《英俊少年》中没有上述的“镜头一摇”，但在现实生活中镜头照样会摇过去，后来我在画报上看到海因策扮演者的照片，当时的他已经三十出头，身形呈现出德国人特有的结实和粗壮，特别像一个叫穆勒的德国足球明星了。那清亮的嗓音，早已不知遗落在了哪里……《彼得·潘》中说小男孩长大后就不会飞了，不会飞的不只是身体，还有声音。

歌声从来就不是一件凝固的艺术品，像大卫的雕像，像青花的瓷瓶，可以长期存放而永不磨损；歌声从来就是肉身，它会生长，有一半可能是按照你所不喜欢的方式生长。如同你凝视着窗前的那棵小树，觉得所有的枝叶都恰到好处，可就在下一个时段，茎干加粗了，甚至显得有点粗暴，枝叶增多了，甚至显得有点恣肆。正是这些兀自多出来的东西，破坏了原先的纯真与完美。

无法让歌声停下来，除非用残忍的办法，比《病梅馆记》对待梅花更残忍的办法，甚至是比制造三寸金莲更残忍的办法。在西方歌剧史上，有所谓的“阉伶”，就是这种“残忍美学”的产物。这些被阉孩子的声音，永远地停在了前变声期，于是对当时的观众来说，少男歌声的诱惑力就获得了雕像和瓷器般的持久——但是显而易见，这一当时人们所争相追捧的荣耀和奢华，已经成为人类歌唱史上的耻辱和灾难。

由于完全不同的原因，在华语歌坛，有一个独一无二的声音也永远停下来了，停在了后人难以企及的高度。现在再来听他的《天天想你》《我的未来不是梦》，你依然会被那“高”、“清”、“亮”所征服。天赋异禀的张雨生从来不需要助跑或滑行，他张开嘴的那一瞬间，歌声就落在那个高度，而且一直在那个高度，尽情地高蹈。他的声音是一台高清高亮的显示屏，显示着少男歌者所能到达的极限，与他相比，其他的显示屏总有这样那样的“坏点”，总有这样那样的粗糙、模糊和灰暗。换种说法，张雨生就像一口钟，车祸使这口钟的指针停在某一个刻度，后面的钟慢慢地追了上去，但它们的指针永远走不到那一个刻度，仿佛这前一个指针本身具有磁力，可以把企图靠近的其他指针轻易地弹开……

向张雨生致敬

这样的声音只该飘到天堂里，留下在地面的钟，成为恒久的刻度。

近来人们都在谈论俄罗斯魅惑男高音维塔斯，他有一副酷似阉伶歌手的唱腔，高音部分雌雄难辨，且有一种夺人心魄的诡异之美。有人传言他就是阉伶，但更多的人认为他的嗓音完全是上帝的赏赐，也属于“天赋异禀”。我还没听到维塔斯的歌声，只看过他的照片，感觉很妖艳，不像张雨生是纯然天真的孩子气。

2006 年 7 月

血色摇滚

信乐团

整整十年后，又听到了《海阔天空》，不是翻唱，是同名新作，演唱者由Beyond变成了信乐团。

拿破仑说：在一切传记中，我偏爱以血写就者。同理，在一切歌唱中，我偏爱以血谱就者。总的说来，港台地区有血性的演唱组合极少，而Beyond和信乐团算是个中翘楚了。当然，黄家驹逝去后，Beyond的灵魂就一点点地被掏空；这样说来，信乐团该是硕果仅存了。

按照乐评家王小峰的说法，港台是没有摇滚乐队的。对此我基本赞同。说句夸张的话，以前的小虎队、红孩儿是糊弄孩子的，达明一派、凡人二重唱是对付小资的，后来又出了一个五月天，中学生的水平却也自称摇滚，勇气固然可嘉，但不免有点让人发噱。而信乐团和他们不同，让人真切地感受到了摇滚的力量，听到了激情的嚎叫，看到了青春的哀伤。而且平心而论，港台摇滚似乎比大陆摇滚要洋气一些，可听性也更强。

信乐团有激越的一面：苏见信的高音无人能及，在高耸入云的山峰面前，也不露一点破绽。无论是《天高地厚》《海阔天空》这些歌颂友情的歌曲，还是《死了都要爱》《世界末日》这些宣泄“极限恋爱”的歌曲，都是极具阳刚之气的篇章，“飞到那最高最远最洒脱，飙到那最高最远最辽阔”。那该是整个世界的尽头，一切都悄然消退，只有那华彩的高音，只有那高傲的鹰隼，远离尘世，无羁无绊。

信乐团更有哀伤的一面：这时苏见信的高音不再厚重，甚至不再阳刚，而是融合了歌剧假音、京剧花旦的唱腔，委实让人有惊艳之感。《挑衅》里面有极其华丽的假音，对来自异性的情感挑衅欲迎还拒；《北京一夜》更是将京剧元素直接 copy，吟唱的是缘分如浩荡江水一去不复返。如果我们从中听到了“蝴蝶的尖叫”（大门乐队主唱莫里森语），那是因为这只鹰隼在花丛中受了伤，变成了一只带刺的、泣血的蝴蝶。

苏见信真是一个能粗能细的歌手，时而像猛虎昂首长啸，时而这只猛虎又低下头来，去嗅那一朵艳丽与危险并存的蔷薇。苏见信更是一位能让你的血液作活塞运动的歌手，不由分说地加热你的血液，带到高峰又让它迅速冷却，跌进深渊。正当你尽情地享受高低起伏的快感时，苏见信已经咳出了自己的那一颗带血的心。

一颗孤高的心

想起了美国诗人斯蒂芬·克兰的短诗：在沙漠里/我看见一个生物赤着身/野兽般地蹲在地上，/手里捧着自己的心/一口一口地啃。/我说，“好吃吗，朋友?”/“它苦，是苦的，”他回答，/“但我喜欢它，/因为它苦，/因为它是我的心。”

有两种类型的歌手：一种啃着自己的心，并决绝地打开了听众的苦乐阀；一种挠着别人的痒，去轻柔地点听众的酸甜穴。是的，像Beyond、信乐团这样的乐队是有真勇的，他们啃着自己的心，吟唱着自己的苦乐哀愁，吟唱过后，天依然空旷，海依然阔远……

2006年11月

温柔得不够

2005 年的一天，我在天津的一家招待所里。晚上闲来无事，只好胡乱看看电视，正好碰上当地的天气预报。一边是主持人的“阴晴圆缺”，一边是《白月光》的背景音乐。“白月光照天涯的两端/在心上却不在身旁/擦不干你当时的泪光/路太长追不回原谅/你是我不能言说的伤/想遗忘又忍不住回想/像流亡一路跌跌撞撞/你的捆绑/无法释放”，于是，整个夜晚，都浸润在张信哲的温柔与缠绵里。

月亮是阴性的、从属性的，它渴望并反射着太阳的光芒。它似乎暗示着一种角色认同，一种关于张信哲的角色认同。

从张信哲开始，华语情歌发生了一个重要的转向：歌曲中的抒情男主人公彻底处于弱势地位，成为清纯、软弱而又备受打击的乞爱者；而这样的角色，以前通常是由邓丽君们扮演的。就在不知不觉之中，邓丽君们悄然转换了“性别”。

与乞爱者演出“对手戏”的，则是张信哲歌中的“放纵者”。“我再也不愿见你在深夜里买醉/不愿别的男人见识你的妩媚/你该知道这样会让我心碎/答应我你从此不在深夜里徘徊/不要轻易尝试放纵的滋味/你可知道这样会让我心碎”，应该说，已经是把自己放在了“低到尘埃里”的位置。然而，无情的事实总是：放纵是放纵者的通行证，贞洁是贞洁者的墓志铭。

这样的角色互换，自有其文化背景，似乎源于中国男人阳刚气概的全面退化，源于女权主义旗帜的飘扬。它既成为了小男人的情感代言人，又满足了大女人的虚荣心理，可谓“双重慰藉”。

在张信哲之前的王杰虽然苦情，但他“浪子”的刚毅起到了一定的中和作用。所以至少从表面上看来，他还是酷酷的，但“色厉内荏”的意味已经显现出来了——没办法，这也正是一种“大势所趋”。

在张信哲之后，则有我称之为“苦情四小生”的四位歌者。他们是：邰正宵，熊天平，游鸿明和陈小春。

每位小生都有自己的凄婉绝唱，如邰正宵的《我爱你胜过这世界》："如何告诉你我爱你胜过这世界/你是我永远的宝贝/有了你我生命才有意义/如何告诉你我爱你胜过我自己/空等候我也不放弃/当你回头就会明白一切/我要你自由自在的飞"；

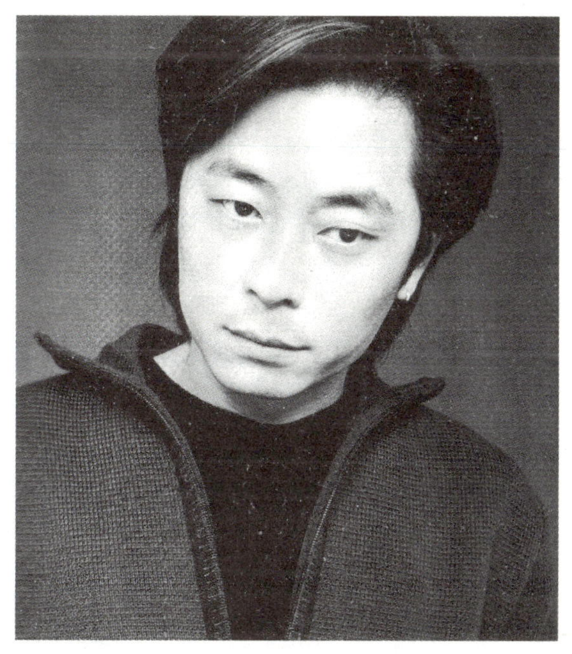

王杰

如熊天平的《雪候鸟》："随候鸟南飞风一刀一刀地吹/你刺痛我心扉我为你滴血/你遗弃的世界我等你要回/我不想南飞泪一滴一滴地坠/我空虚的双臂你让我包围/我有过的一切你给的最美/我又回头去飞去追/任往事一幕一幕催我落泪/我不信你忘却我不要我单飞/没有你逃到哪里心都是死灰"；

再如游鸿明的《下沙》："天空啊下着沙/也在笑我太傻/你就别再追寻/看不清的脚印/天空啊下着沙/也在为我牵挂/把爱葬在沙里/还有你的消息/你走了就走了不要想起/天空啊下着沙/也在为我牵挂"。

但此种种绝唱，永远只是对于全世界的空洞宣示，基本上可以看作"自说自话"，至于歌者所属意的当事人——最后，还是无动于衷。

说陈小春是苦情小生难免会有争议，因为他展示的似乎是"嘻哈小丑"形象。其实，看似痞子腔，实则文艺腔，走的仍然是"小丑最温柔"的文艺套路。《算你狠》《我没那种命》讲述了一个"男人，你的名字是弱者"的故事，感伤情怀，苦若黄连，一至于此。

这让人想起了大洋彼岸的那个“小丑”，加拿大民谣圣手伦纳德·科恩在歌曲《I'm Your Man》中塑造的那个小丑，一个可以随时根据爱人需要变换角色的小丑——“如果你想要另外一种爱情，为了你，我戴上面具。如果你需要个舞伴，这是我的手；如果你出于愤怒想把我打倒在地，这里，我就在这里。如果你想要的是个拳击手，我会上台去；如果你又想要个医生，我为你检查每一寸身体；如果你想要个司机，那么，进来吧，车在这里。如果你想单独呆会儿，我会消失，为你。”

但是，就像芝诺佯谬中的阿基里斯永远追不上乌龟一样，现实生活中的乞爱者，也永远跟不上所心仪者的情绪变化，于是科恩最后唱道：“我看你在地铁，我看你在车上，我看你躺在我身旁。我看你走，我看你手，我看你头发，看你手镯，看你毛丛。我叫着你叫着你叫着你，我多想让我的声音温柔温柔，却永远都还温柔得不够。”

荒诞可笑，一至于此。温柔，或许是一条不归路？温柔，或许是为自恋自虐者准备的枷锁？

2009 年 1 月

伦纳德·科恩

芳萱芸茹

当我写下这四个汉字时，眼前浮现出一大片开满野花的原野，瘦瘦小小的花朵，若有若无的香气，但汇聚在一起就变成了夺目的灿烂。然后看见一位花间派诗人在原野上徘徊，最后就看见《花间集》里面的句子，那些单纯由名词组成的句子，植物的名，饰物的名，每一个语词都是一个绝美的意象。

这正是四个如花一般的小女子，芳是张清芳，萱是范晓萱，芸是许茹芸，茹是梁静茹。她们具有相似的身型、相似的声线，她们是后邓丽君时代少女情怀的四大代言人。

萱式"刁蛮"

她们都不美艳，更不性感，属于瘦瘦小小的那一型。除了许茹芸略略有点成熟的少妇味，其他三个都还像个孩子：张清芳是永远有一张娃娃脸的见习白领，范晓萱是有些刁蛮的都市小公主，梁静茹是在乡下长大的淳朴女孩。

不出众的外表，似乎决定了她们在歌中的弱势地位：总是在乞求爱又总是被伤害。但弱势中又带着一种蛮劲，一种孩子气的蛮劲，一种少女特有的蛮劲，不怕受伤，百折不回，不达目的誓不罢休。张清芳直言“我的爱已全部溢满在胸怀/可是不知道你怎样才能才能明白/我的爱在今生都不能释怀/想要让你了解的心迫不及待”（《迫不及待》）；范晓萱则叹息“早知道爱你注定是无尽的忧郁/我却不知该如何收回我的情意/不能说出的故事一场美丽的相遇/直到你对我说你心里已被人占据”（《深呼吸》）；而许茹芸仍然坚守“事到如今我依然爱你/我孤孤单单留在回忆里/好想陪你再淋一场雨/要世界为我停止呼吸/任你在她怀里我依然爱你”（《我依然爱你》）；最后，当听到梁静茹的“终于做了这个决定/别人怎么说我不理/只要你也一样的肯定/我愿意天涯海角都随你去”（《勇气》）时，你会明白：柔弱也能汇聚成辉煌，蛮劲也会积攒成力量。

芸式柔软

她们也都不美声，虽然拥有相当好的嗓音条件，但仍属于自然纯净的女声，还算不上顺子、柯以敏那种“下凡的美声”。与邓丽君相比，她们的嗓子更加清亮，是细细的亮，是嗲嗲的亮，是悲悲的亮，是笃笃的亮——这种亮，不是花腔女高音那样的亮，不是探照灯那样的亮，射出去就是一道明亮的光柱，而是仿佛一个小女孩，努力地踮起脚尖，想把高高屋檐下挂着的红红灯笼一一点亮。因此，每当那清亮的声音稍稍有点费劲地冲到最高处，我总是视为一次青春的稚嫩努力，那么真诚，那么叫人怜惜。

我得坦白，这四个小女子都曾在不同的时空，点亮过我的生命。当我尚年轻的时候，她们的歌声曾是我的情感教科书，或是我的自护手册；当我不再年轻的时候，她们的歌声仍然偶或伴随在我的左右。一个中年老男人需要到少女的歌声中找慰藉，这么说似乎显得矫情，但艺术不就是矫情吗？一千多年前，当花间派诗人尤其是那位“貌甚寝”的中年温庭筠摹拟少女情怀，写出一首首清词丽句时，那究竟是矫情还是真诚呢？而我所知道的是，这以后的千百年间，许多少妇和少女的生命正是靠这些句子来照亮、来温暖，直至她们有一天也能唱出自己的心事，并且贴近包括老男人在内的更多人的心绪。所以我觉得，历史正是以这样的方式作了回报，在少女与中年老男人之间扯平了。

正如原野上各种不知名的野花，体贴地开在一起，早已不分彼此。

2005年9月

白纸包的情愫

有两位女歌星作品的传唱度是极高的，在 KTV 里面的“中选率”也极高，大家都喜欢点来唱。她俩，一个是刘若英，一个是莫文蔚。

只是因为好唱。

两个人的歌旋律不复杂，没有多少需要炫技的地方，歌词朗朗上口，意思也明明朗朗，在 KTV 唱来，只要不是太五音不全，基本上不会出现什么走音的尴尬场面。

说起来，两个人也都是所谓的“录音棚歌手”，唱现场都唱得不怎么的，尤其是莫文蔚，简直可以用蹩脚来形容。刘若英稍微好一点，因为她善于调动现场的气氛，一起加入到“为爱痴狂”的大合唱之中，从而忽略了她演唱技巧上的硬伤。

但两个人的歌声却让人无法忘怀，经久地无法忘怀。

也许是因为歌声中的那些爱恨情伤。两个人都极力渲染着一种现代的情感，不仅成为现代女性，也成为现代男性的情感代言人。因为社会越现代，男女的情感价值观就越趋同。相比较而言，莫文蔚更“都会”一些，情伤更重也更突如其来，但偏偏又要装出一副无所谓的样子，将情伤无厘头化，其实，在背人处仓皇地独自舔着伤口。而刘若英，则还带有几分前都会的田园情调，如“栀子花白花瓣/落在我蓝色百褶裙上”，意境更美，情痴更甚。

也许是因为两个人的无技巧，正合表达那些无来由的痴恋。有的时候，技巧太圆满，反而影响了抒情的纯度、浓度和力度，把听众的注意力都吸引到形式上面去了，有点儿“喧宾夺主”的意思。就不如刘若英和莫文蔚那种半说话半歌唱的新说话体唱法，像是与听众之间的一场情感对话，腔腔调调都那么素朴，字字句句都那么真切，招招式式都那么平易，仿佛鼓励一干听众也这么说、这么唱。乐评家李皖指出，李宗盛的歌声是一种说话大于演唱的“说唱”，我看以上两位女生也是。特别是莫文蔚，还正好是李宗盛老师包装出来的。

素朴的无技巧，胜过璀璨的技巧；白纸包的情愫，胜过华丽的糖纸。

还有一位白纸包歌手，男性，教师，更加地无技巧，名曰黄磊。但仔细听他的《石头》《我想我是海》之类，也不是纯然的白开水，而是漾着微微的盐分或糖分，倒是出人意料的爽口。黄磊和周海媚，凑成一双“璧人”（纸人），他们合唱过一首《此情此景》，是《夜半歌声》中的插曲。那种生涩中的坚定，那种腼腆中的热力，至今犹在耳畔堆积。

2010年1月

一辈子与一下子

马不停蹄的忧郁

香港那边的女声我一向是不大听的，因为觉得其中多数都挺俗气；台湾那边的女声还行，多少还保留着一些纯真的味道。

这两年台湾流行歌坛冒出了不少“小甜甜”，以张韶涵和王心凌为代表，不由叫人联想起十多年前美国歌坛“闹”小甜甜布兰妮时的情形。当然，我们中国的小甜甜可不像布兰妮那样张牙舞爪，她们是温柔婉约的，是乖巧的布娃娃。

2007 年我听得最多的女声就是王心凌，的确是甜美清新，仿佛春天里的第一口冰淇淋。与张韶涵相比，她的声线不算太有特色，在张力上差了一点，但听起来更柔和、更舒服。

若论 2007 年最让我感喟的女声，则属于一个叫马郁的台湾女孩。这个马郁倒是与小甜甜无关，不属于偶像派，一直也没有大红，她的嗓音很特别，简直可以说是凄婉，歌曲的关注点也很独特，那就是爱情的长度问题。

在爱情的浓度和长度上，现代人似乎无法乐观起来，“不爱那么多，只爱一点点”，是大伙儿通行的态度，谁还“浓得化不开”啊？至于爱情的长度，就更好量化，科学方面的研究也给爱情的短命论提供了佐证：以前人所共知的“七年之痒”已经作古，英国科学家指出爱情的寿命只有 36 个月，最近美国社会学家又把时间缩短了 6 个月……如同短跑世界纪录一样，还会不断地被刷新。

那么，在流行歌曲中爱情的寿命就更加岌岌可危，保罗·西蒙在《四月她将到来》中，将爱情的长度“控制”为 5 个月：

四月她将到来/在溪流充满雨水而上涨的时候/五月她将留下/重新在我的怀抱里歇息/六月她将变心/坐立不安彻夜徘徊/七月她将飞走/事先不流露任何痕迹/八月她将死去/秋风瑟瑟令人战栗/九月我将回忆/那一度很新的爱情已经旧了……

歌中那“一度很新”四个字，自是沉痛之语。

披头士唱道：“爱情有一种一夜之间消失的毛病”，真让人听来胆战心惊。

然而马郁在这时出现了，冒冒失失地出现了，她的想法也显得冒冒失失：“爱我，爱就一辈子，不要一下子。”（《害我》）但这可能吗？悲剧之一在于：火花容易一下子点燃，但总是只能短暂地悦人耳目，无法长久地取暖；悲剧之二在于：之所以会产生一辈子的幻觉，全是因为有那动人心魄的一下子，所以许多时候是心甘情愿地“受害”；悲剧之三在于：如果过于张扬地“索取一辈子”，可能会把人吓跑，最后连那“一下子”也无法得到……正因为悲剧的陷阱星罗棋布，所以马郁的理想总是实现不了，所以马郁的歌不止是凄婉，简直可以说是残忍。

但马郁自己觉着还有退路，她还有一个“下辈子”可以指望：“如果下辈子我还记得你/就连死也要在一起”。（《如果下辈子我还记得你》）这可不高明，因为承诺比背叛少，只少一次；来世比今生晚，只晚一天，而这一天你永远无法越过。即便能越过，越过去的你也已不再是你了。来世啊来世，多少空头承诺假汝而行之！这样看来，马郁的歌就越发显得残忍了。她的话语和她的指望，都仿佛是抛出去的飞去来器，最后扎进自己的内心。

可以说，在潘美辰和许茹芸之后，台湾歌坛已经很难听到这么噬咬自己灵魂的女声了，很难见到这样一针见血、义无反顾的残忍了。我欣赏马郁，毕竟这么执著的女孩如今已经不多了，尽管她可能永远无法大红起来，因为那“一度很新”的古典爱情观已经很旧很旧了。

2007 年深秋的一个夜晚，我在电视上看到了马郁的演出实况——果然是一个纯真的女孩，甚至纯真到了偏执的程度。

2008 年 1 月

甜腻的悠远

张　蔷

套用一句网语，当年乍一听张蔷的歌声，真是被雷倒了。但不是被雷得外焦里嫩，而是被雷得心花怒放，在那个物质极度匮乏的年代开出花来。

从来没有人像她那样嗲声嗲气地唱歌，唱的全都是口水歌，而每首歌都带上了鲜明的张氏色彩，似乎被涂上了一层厚厚的脂粉，显得那么不真实，又显得那么华丽丽；那么贴近感官和肌肤，又那么远离世俗和人情；那么矫揉造作，又那么坦荡无邪。

从当时的政治角度来说，这几乎就是一场与“精神污染”相配合的“听觉污染”，是一次与“资产阶级自由化”相配合的“声音自由化”。其“靡靡之音”的程度，不仅大大超越了《乡恋》和《军港之夜》，甚至连邓丽君也只能望其项背。

从历史的角度来说，这就是郑声淫啊，但谁也不能否认郑声在春秋时代的大流行，而且历史也一再地证明，越是淫，越是让人听了上瘾。

从文化的角度来说，这样一个“甜腻得像奶油蛋糕”的声音，开启了我们对于现代享乐生活的向往。须知，那是一个奶油蛋糕被抬举得很高很高的年代，在日常生活中，奶油蛋糕不仅是西式生活方式的象征，还是中式人情往来中的送礼佳品。曾有一篇微型小说叫《蛋糕旅行记》，就写一只大蛋糕奇妙的辗转经历，谁也不舍得吃，而是转送给下家，直到这蛋糕彻底地坏了。

张蔷不仅是中国当代流行音乐史上的一个坐标，更是文化史上的一个坐标。她以甜腻华丽到夸张的风格，引发了我们对于一种可能生活的悠远的想象。因此，这么多年过去了，我很怀念她。

这么多年过去了，物质生活极大地丰富，流行乐的风格也无比地繁多，但究竟有几人能带来真正的“悠远感”和“冒险感”呢？总是那么世俗，身体和性灵的双重世俗；总是那么浮华，物质和精神的双重浮华。

直至陈绮贞的出现，在她的身上，我仿佛看到了当年的张蔷。实在是太相似了，从嗲声嗲气的声音，到辨识度极其高的个人风格，再到那种真正的“悠远的冒险”。听，夜的巴黎，下雪的北京，热情的岛屿，记忆的土耳其，地图上的每一次风和日丽……一个又一个华丽的意象在我们眼前掠过，仿佛我们自己也真的到了这些地方——这个小女子在这个物质极度奢靡的时代，把我们雷得心花怒放，把我们雷得想抽身而去、共赴行程。

在任何时候，都需要一场“华丽的旅行”，与眼前的真实的世界相疏离。

2009 年 1 月

陈绮贞

当你为了我把手掌拍痛

十五分钟，能用来干什么?

从劳作的角度来说，十五分钟可以让一位诗人完成一篇激情之作;

从娱乐的角度来说，十五分钟可以让你听完三至四首流行歌曲;

从运动的角度来说，十五分钟正好是足球半场之间的休息时间;

从男女的角度来说，十五分钟足够完成一次包括前戏、做爱、事后爱抚等“规定动作”在内的高品质性爱;

……

所以，这绝对是一个不短的间隔。但你能想象，整整十五分钟都用来为一个人鼓掌吗?

不是那种虚假的拥戴，也没有所谓的“领掌”，而是发自肺腑的真心尊重。事情发生在奥斯卡颁奖仪式上，主角是大名鼎鼎的喜剧大师卓别林。1972年卓别林获得奥斯卡终身成就奖，而他因遭受麦卡锡主义迫害，阔别美国已经有20多年了，此番专程从瑞士赶回。领奖时刻，全场起立，掌声经久不息，据好事者统计，长达十五分钟。这位白发苍苍的老人努力抑制住泪水，喃喃地对全场观众说:“我爱你们，你们对我真好!”说完，他顺便做了个帽子滑落反手接住的滑稽动作，全场再度为此动容。

千万别以为这只是奥斯卡终身成就奖的程式，因为并不是每一个获奖者都能享受如此礼遇。以1999年奥斯卡终身成就奖得主卡赞为例:与卓别林相反，大导演卡赞在麦卡锡主义横行期间，有“助纣为虐”的嫌疑。于是当他上台领取终身成就奖时，大约只有三分之一的来宾稀稀拉拉地站起，抬手鼓掌，差不多好几条座线的整排来宾默然在座，不鼓掌，不出声。镜头切换到卡赞，他遍看四周，先是愕然，继而尴尬。

卡赞肯定会回想起卓别林领奖的一幕，并在心间感慨:如果那如潮掌声是为“我”而鼓，此生才真正算是圆满啊。实际上，不止是卡赞，连在下我，都对那掌声起了一点想“据为己有”的贪恋。说来可笑，每当看到那些为大

BoBo 组合：想“光荣”也要趁早

师和明星鼓掌的场景，我都忍不住地为之激动，甚至难以自制到“心旌摇荡”的程度，尽管我知道这掌声并非为我而鼓。这恐怕就是心理学上所说的“内模仿”效应吧。更为“不堪”的是，每年年底诺贝尔文学奖颁奖之时，我都要大大“神游”（其实是“意淫”）一番，先是将自己想象成那位获奖者，然后在脑海中草拟好获奖感言（是真的煞有介事地草拟好，只是没有写下来而已），再想象自己站在颁奖大厅里朗声宣读的情景，最后在虚幻中享受着那些“虚拟的掌声”。

甚至听到那些咏叹掌声的流行歌曲，我都忍不住为之神往。仔细数数，这方面的歌曲其实还真的不少，最古老的要算《掌声响起来》，最时新的要算《光荣》了。算起来，前者几乎要比后者足足大 30 岁。

孤独站在舞台上/听到掌声响起来/我的心中有无限感慨/多少青春不再/多少情怀已更改/我还拥有你的爱//好像初次的舞台/听到第一声喝彩/我的眼泪忍不住掉下来/经过多少失败/经过多少等待/告诉自己要忍耐//掌声响起来/我心更明白/你的爱将与我同在/掌声响起来/我心更明白/歌声交汇你我的爱（《掌声响起来》）

掌声雷动心潮翻涌/这是开始不是最终//当你为了我把手掌拍痛/我该拿什么回报你情有独钟//感谢你给我的光荣/我要对你深深的鞠躬/因为付出的努力有人能懂//感谢你给我的光荣/这个少年曾经多普通/是你让我把梦做到

最巅峰（《光荣》）

流行歌曲在叙事和抒情上都是采取“我—你”的模式，所以在总体上都是情歌的范儿。《掌声响起来》和《光荣》既是励志歌曲，也可以看作是情歌，也就是说，既有公共氛围，又有私人情愫。

下一站天后

谁来听我的演唱会

而“私人化”程度更高的歌曲，还有特别经典的两首，一首是张学友的《谁来听我的演唱会》，另一首就是Twins的《下一站天后》，都是把私人情愫放在公共荣誉之上。前者写一位已经功成名就的流行歌手对初恋女友当下生活的想象，而他特别在意的是这个“她”来不来听“我”的演唱会，虽然显得有点矫情，但却为小资听众们勾勒出时空流转中的惦念与守望，让他们听来感同身受；而后者则感叹“即使有天开个唱/谁又要唱/他不可到现场/仍然仿似/白活一场”，看来，“下一站天后”的无上荣耀，还不如素朴而逼仄的“两个人的车站”来得温馨。虽然由于众所周知的原因，Twins在爱恋和励志两方面的纯情偶像地位已经瓦解，但这首歌所塑造的“抒情主人公”还是很纯的，严格地说，是纯中略带一点蠢，正是小女生的“本分”。

凡此种种，都属于贪恋吧。并非是尘世中的俗人需要慰藉，就连象牙塔里的高士也未能免俗。留美学者吴咏慧在《哈佛琐记》一书中，描述过一个关于伦理学大师罗尔斯的动人故事：一个学期快要结束的时候，罗尔斯教授讲完最后一堂课，谦称课堂所谈全属个人偏见，希望大家能做独立思考，自己下判断。说完之后，罗尔斯缓缓地走下讲台。教室里全体学生立即鼓掌，向这位深受爱戴的老师致谢。罗尔斯本来就有点内向害羞，于是他频频挥手，快步走出讲堂。可是，在罗尔斯走出教室后许久，学生们的掌声依然如雷贯耳。冬天拍手是件苦差事，吴咏慧的双手又红又痛，便问旁边的美国同学，到底还要拍多久，同学回答说：“让罗尔斯教授在遥远的地方还可以听到为止。”

《世说新语》说“太上忘情”，看来也有些绝对。人终有一贪，终难全忘。

2009年1月

上帝最偏爱甲虫

披头士和西城男孩都是偶像组合，前后相差了 30 多年。我大致统计了一下，披头士的歌长度平均 2 分来钟，而西城男孩的歌则平均 4 分多钟。这多出来的 2 分钟都干了什么呢？不外乎把前面唱过的旋律重复再重复，越往后听来就越噪，而且有“谋财害命”的嫌疑了。不像披头士，唱完一段旋律，该表达的表达完了，就拉倒——我喜欢这样的简洁和干脆。

披头士的歌词同样也不拖泥带水，而是直奔主题，简明如格言，如警句。今年 3 月，英国伦敦机场举办了一次名句网上投票活动。结果，披头士的《All You Need Is Love》（《你所需要的是爱》）歌词击败丘吉尔等人的诸多名言，被选为历史上最伟大的名句。该机场将把这首歌的歌词写在机场入境通道的墙上。2003 年 7 月，英国首相布莱尔访问清华大学，首相夫人谢丽在现场演唱了披头士的《当我64岁时》："当我老了，头发掉了/好多好多年以后/你还会送我一张瓦伦丁/生日卡，酒一瓶。"歌词像说话般直白，却让人为之落泪。

这就是披头士的音乐，一派天真，有着最简单的喜感和最简单的悲感。而奇特之处更在于歌曲里的喜感和悲感是相互转化的。一首欢快的曲子听着听着就会有忧伤掠过，但这种忧伤绝不是悲痛；一首伤感的曲子听着听着又有喜悦倔强地浮上来，但这种喜悦又绝不是狂喜。就像一个孩子，在面对复杂的世界复杂的问题时，弄不清是该用笑还是用哭去回应。或许在该哭的时候他笑了，在该笑的时候他却哭了，但大多数情况下，这样的颠倒刚刚好。有人称披头士为"20世纪40年代出生的坏孩子"，他们四个人当然不坏，他们生活的时代也谈不上有多坏，只是许多东西开始颠倒过来了。

披头士不仅是歌唱上的典范，也是造型上的典范

众所周知，当年的披头士是一支极具前卫性的摇滚乐队，但与现在的歌曲比起来，那时的伴奏和配器就显得太简陋了，所以披头士的歌曲如今听起来是那么质朴，像民谣，像童声合唱，像新鲜的松木，像挪威的森林。但他们的旋律是真的好，而且很少自我重复，总是有精彩的乐思迸发出来，令人过耳难忘，听上两遍就能跟着哼唱。我总觉得，摇不摇滚、前不前卫其实并不重要，重要的是能否以用最简单的旋律，击中听众心中最柔软的地方。能

留下来的不是摇滚的喧嚣，而是像《昨天》《嘿，朱迪》这样的抒情短章。在录制《昨天》时，制作人马丁决定放弃使用鼓，而采用弦乐四重奏，当时保罗·麦卡特尼一听就急了："我们是摇滚乐队，我们不要曼托瓦尼那种垃圾！"但马丁坚持住了。于是，一把木吉他，一组弦乐重奏，如此单纯，却造就了流行音乐史上最大的经典——你要这样简单地喜欢听众，同时也让听众简单地喜欢你。

西谚云"上帝最偏爱甲虫"，是因为甲虫有着最简单然而却是最合理的身体构造，没有复杂的大脑，也没有充沛的血液，可当它们的翅膀展开时，会在阳光下变得透明，精灵般的透明。看着这样的精灵，你会觉得天使也可以是另外一副模样。是的，披头士就是这样的甲虫，就是这样的透明，就是我们生命中的阳光。

2005年6月

杨梅成熟时

对于法国流行歌曲，许多人是相当陌生的，甚至会问：当代法国有流行音乐吗？罗曼·罗兰小说《约翰·克利斯朵夫》里面，曾经把法国音乐比作杨梅："从各种不同的法国艺术中，都会升起一种相同的'美味'，就像秋天的太阳在树林中晒熟了的杨梅一般。音乐就是芳草丛中隐约出现的小杨梅。"这是一个特别有趣的比喻。在我看来，不仅罗曼·罗兰那个时代的法国音乐像杨梅，如今的法国音乐也像杨梅。

英国流行音乐像"发条橙"，总是能不断地玩出新花样，给世界流行乐坛带来新东西；美国流行音乐像"苹果派"，热乎乎甜丝丝的，像麦当劳那样产量巨大，但难免让人有一种吃腻了的感觉；北欧流行音乐像"清凉果"，充溢着超凡脱俗的遗世之音，追求比较高远的飘渺境界；而法国流行音乐，则是一颗酸酸甜甜的杨梅，生长在离繁华都市不远的小树林里，安安静静地生长着，不羡慕外界的热闹，不想去引领什么，但也不全然不食人间烟火，它执著地按照自己的方式生长，有着自己钟爱的旋律，有着自己钟爱的主题。

这是一颗坚定地歌颂着爱情的杨梅，酸酸甜甜的爱情。人们都说法语是最适合谈情说爱的语言，我却一直不喜欢法语诗歌，偏爱的是英语诗歌。我当然知道法语诗歌中也有许多传世的精品，尤其是艾吕雅、阿拉贡等人的爱情诗更是一绝，但可能是翻译不好的缘故吧，总是感觉进不到那个氛围中去。一般说来，翻译能比较准确地传达出原诗的含义就不错了，而丰富的音韵和节奏多半会在翻译中丢失，使得原诗"损失惨重"。而音乐就不一样，它有一项显而易见的好处，能够跨越文字而独立存在。听过几首法语歌曲，你就会感到法国人的确是善于谈情说爱的民族。真是这样，无论怎样的法语歌曲，听起来都像是情歌。当然，我对于法语是一窍不通的。但一窍不通也没关系，你只要全身心地感受那旋律、节奏和歌手的吐字、气息即可。

我手边的法语 CD 是相当有限的，其中有两盘还是合集。里面的大多数歌名、歌手名至今也没有弄清楚，只是闲下来的时候扔进唱机，虽然一个字也听不懂，但仍然能听出那是恋的声音、爱的呼吸。所有的歌曲都混杂成一个整体，没有开头也没有结尾；所有的歌曲都是一首歌曲，以爱开始又以爱结束。如果那是一条河流的话，一定是杜拉斯笔下的湄公河，无边无际，散发着炽热、迷乱、暧昧的气息。

在茫然而又清晰的歌声中，听出甜，听出酸，听出弥漫，听出混沌。前二者是杨梅的表层味道，后二者是杨梅成熟后的深层滋味。这不由让人想起罗兰·巴特的《恋人絮语》。《恋人絮语》是罗兰·巴特晚年的一部代表作。作者以解构主义的视角，以高度“发散性”的行文，撷取出人类恋爱体验的五彩碎片，在思辨反光镜的折射下，结构出扑朔迷离的排列组合，不时给读者一种阅读的惊喜。这是一本无法用传统体裁界定的奇书。评论家吴亮说它“自我纠缠唠唠叨叨，自相矛盾翻来覆去”，“没头没尾无始无终像没完没了的华尔兹”，完全是混沌的产物。或许在罗兰·巴特眼里，只有混沌，才道破了爱的真相。

单个的片断是酸的，或者是甜的，但混合在一起却让人无法言说个中滋味；单个的片断是有意义的，甚至是刻骨铭心的，但组合在一起却失去了意义——与其说是罗兰·巴特解构了爱，还不如说是爱解构了它自己。

其实，不必再追问究竟有无意义，能有絮语留下，也足可庆幸，那成熟时的短暂时光将在记忆中慢慢洇开，化作无数遗迹。

2006年11月

少女杜拉斯及《情人》中的那个女孩

轻快的忧伤

最近在各种场合，经常听到那个法国女孩演唱的《我的名字叫伊莲》，它使我想起另外两首同样路数的歌：《阳光季节》（Season In The Sun）和《大大的世界》（Big Big World）。我倾向于认为，这三首歌曲恰好构成了一个小小的青春三部曲，完成了一次对于青春的自我命名。

我是过了很久之后，才知道《阳光季节》是一位英年早逝的歌手的心曲，是“上路”前对朋友的告别。但这首歌是如此克制和含蓄，以至于初听《阳光季节》时，我的眼前浮现出这样一幅画面：一个男孩背起行囊准备上路（此上路非彼上路，俗称“踏入社会”），为了减轻点重量，他该忘掉些什么。难道是忘掉朋友吗？米兰·昆德拉说，忘记了朋友，就意味着你过去的那一部分死亡了。在上路的那一刻，你再一次回望，回望友情，回望过去的光阴，你不忍割舍而又必须割舍，心儿是忧伤的。但这是一种阳光照射着的“死亡”，忧伤却绝不悲壮，甚至这种忧伤还混合着对于前途的跃跃欲试，所以调子仍然是轻快的。“我们曾共享快乐/也曾共享阳光/但我们一起爬山的那些日子已经逝去”，这首歌似乎是一个门槛，迈过去就表明过去的自我逝去了，过去的朋友（他们恰好是过去那个自我的同谋）也逝去了，迎来了一个新的自我，一个继续需要被新的友情证明的自我。

新的自我上路了，他或她陷入了一个《大大的世界》，一个无法再用过去的眼光考量的世界。就像乡村之于都市，儿童玩具之于豪华轿车，所有物体的体量都变得如此巨大，结构也变得复杂，你甚至变得不会说话，变得口吃起来。每当听到开头那“big big girl”、“big big world”、“big big thing”，我都会把它理解为一种结巴，青春的结巴。起初的不知所措，源自对前途的迷茫和对这个世界的恐惧，但只是短暂的手足无措，因为在恐惧中又滋生出强烈的好奇，好奇逐渐代替了恐惧。世界真的很大，它的魅力正一点一点地展现出来，在这种对于未知的巨大好奇面前，连失败的爱情都变得轻了，“那并不是一件非常大不了的事情，如果你离开了我”。是的，青春远未到站，这一趟车赶不上，还有下一趟、下下一趟。

终于在跌跌撞撞中，新的自我慢慢地清晰起来了。但黎明前最黑暗，清晰之前是最大的混沌，于是发出了最大的疑问，对于自身的疑问。身份危机就在此时产生了，女孩伊莲迫切地需要从两个方面确认自己，一是获得爱情，“只要我找到简单的爱情/属于我的爱情”；二是取悦或征服眼前的这个世界：“并且/如果我的照片/能在所有的报纸上/每周都有”，“并且/你能在电视上/看到我/在微笑和歌唱”。注意，这两者是并列关系，通过“并且”构成了并列关系。看来，这个叫伊莲的女孩不是“通过征服男人来征服世界”，而是“既要征服男人又要征服世界”。显然，这些想法过于天真了。但总是要经过反反复复的失意乃至挫败后，女孩才能明白，重要的是自身对于自我的悦纳。朋友只是旁证，无法取代你，世界只是物证，无法占有你，甚至爱情也只是心证，无法涵盖你。最终还是要由你自己来完成对于自我的命名，直至最后坚定地唱出“伊莲/我的名字叫伊莲”，从终点又回到了起点，答案也就是问题。似乎有几分无奈，但正如勋伯格所言："有的人必须是那个人"，你必须是那个有缺陷、有缺憾的人。命名结束后，青春也就快要到站了。每个青春都是曾被咬过的苹果，从来就不完美。

我特别喜欢在大街上听这三首歌曲，喜欢在年轻的面孔当中听这"嫩得能掐出水"的声音，在忧伤中听出轻快，在彷徨中听出坚定。听着听着，自己的脚步也轻快起来。其实我仍然在那里，不是我动了，而是他们动了，向另一个方向动了。

他们的忧伤向上飘，如流云；我的忧伤向下坠，如沉舸。

2006 年 1 月

非常2+1

看着正在走红的飞儿乐队，我竟然“不惮以最大的恶意”，来猜度他们未来的命运。

因为，天下没有不散的组合。古今中外，概莫能外。美国的空气供给者似乎是一个例外，但他们是纯粹的职业合作者，只有艺术的关系，没有生活的关系，只有物理的关系，没有化学的关系。走下舞台或走出录音棚就各奔东西，没有生活中的交集，也甚少利益上的纠缠。所以，才能长久地维持。而其他大多数组合，往往会陷入“剪不断理还乱”的境地。尤其飞儿乐队，他们又是一个结构充满张力，但非常容易失衡的组合：1女+2男。三人行，必有故事，在异性元素的化学作用下，他们之间又会发生什么样的故事呢？

飞儿乐队

“穿越千年的伤痛，只为求一个结果”，听着飞儿的歌声，我不由想起另一个“非常2+1”组合发生的故事，并不悠久，只在40多年前，但好像已经给尘封很久很久了。

1960年代的摇滚吉他手埃里克·克莱普顿和披头士的吉他手乔治·哈里森曾经是莫逆之交，否则哈里森也不会让克莱普顿来帮他录制那首重要的作品《当我的吉他低声哭泣的时候》。后来哈里森由于工作等方面的原因，一直把他26岁的妻子帕蒂冷落在他宽大的寓所里，而帕蒂希望得到哈里森的重视和注意，于是她就利用了克莱普顿对她的迷恋想来重新唤回哈里森的感情，这似乎是女人惯用的一种手法，但是没有想到克莱普顿当真了，用克莱普顿的话就是：她在利用我，而我则疯狂地爱上了她。祸不单行，克莱普顿在70年代初又染上了严重的毒瘾，以至于根本无法创作和工作，在歌坛也开始销声匿迹。这时的帕蒂还是很“够朋友”，在她的帮助下，克莱普顿从1972年开始戒毒。到1973年，他的毒瘾和相思的苦痛一起得到了很好的治疗，帕蒂又重新回到了克莱普顿身边。

《最后一班地铁》

1979年，克莱普顿终于同这位相爱多年的帕蒂喜结良缘，而且在婚礼的招待会上，披头士的三位成员麦卡特尼、哈里森和林格斯塔都前来助兴，并且为这对真诚相爱的人祝福、歌唱。看来，哈里森的心胸还是挺豁达的。

除了现实生活，非常2+1的故事也经常在电影里上演，但当事人似乎就没有那么豁达，结局也没有那么理想。这方面最著名的当属法国新浪潮导演阿伦·雷奈的《几度春风几度霜》：一对在音乐上志同道合的音乐家夫妻，在生活中面临着各自的苦恼。本来在郊区过着简朴生活，无奈另一位明星歌唱家的来访打破了他们家庭的平静，与其中的妻子展开了一段苦恋。丈夫蒙在鼓里，直至妻子去世后才得知真相，而歌唱家则由此醒悟到人生的真谛……说来有趣，此种“2+1”模式，恰恰是法国电影乐于表现的主题，《最后一班地铁》也是如此：衰老的著名导演，生猛的青年演员，以及凯瑟琳·德纳芙扮演的戏剧名伶，演出了一场让人无限怅惘的三角恋。辜鸿铭说：“一把茶壶应该配四个茶杯”。这样的“好事”，只能发生在古老的东方。在西式音乐团队里，只能是一把提琴配一架钢琴。

看着《最后一班地铁》的影碟，一走神间会发生这样的错觉，飞儿主唱詹雯婷的脸庞和凯瑟琳·德纳芙的脸庞相重叠，而背景里分明是那四双同样流露出期盼的眼神。我知道，这完全是我的错觉，我希望现实生活中的人都有一个好的结局。

生活不是电影，只是有时比电影更电影。

2008 年 2 月

上帝收集相爱的人

1968 年的一天，保罗·麦卡特尼开车去接约翰·列侬的儿子，准备带他一起兜风。其时列侬已经恋上小野洋子，与青梅竹马的辛西娅离婚，小朱利安只得跟着妈妈过。麦卡特尼看小朱利安有些愁眉不展的样子，为了安慰他，随口哼出一段歌曲，那轻快的旋律似乎驱散了乌云，顷刻间阳光飞舞，天使在这名小童脸上绽开微笑，在他背上生出翅膀。

这首妙手偶得的歌，就是后来风靡全球的《嘿，朱迪》（Hey，Jude）。以前在不知道这则典故的时候，我只觉得它异常地深情款款，因此一直以为是保罗·麦卡特尼献给“茱蒂”——一位他深爱的女子的。或许，保罗在别人儿子身上也倾注了恋爱般的感觉。看到如此惹人疼惜的美妙小童，你会不由自主地恋上生命。

父与子

欢愉的歌背后有故事，悲伤的歌背后就更有故事。仍然与英格兰有关，悲剧降临在我们上面提到过的艾里克·克莱普顿这个大胡子男人身上。1991 年，克莱普顿 4 岁的儿子由于保姆的不慎，意外坠楼身亡，这个打击几乎让他完全垮掉。从此他寄情于音乐，用不间断的创作缓解难以负荷的伤痛，用至真至诚的歌声超度亡者的灵魂。于是，便有了这首《泪洒天堂》（Tear In Heaven）：

你还记得我的名字吗/如果我在天堂遇见你/你我还能像从前一样吗/如果我在天堂遇见你/我必须坚强、坚持下去/因为我知道我并不属于天堂

你会握我的手吗/如果我在天堂遇见你/你会扶我一把吗/如果我在天堂遇见你/我会找到度日的方式/因为我知道我不能留在天堂

时间使人消沉/时间使人屈服/时间使人伤心/你是否向它求饶

在那道门后，必定是一片祥和/而我知道将不再有人泪洒天堂……

《泪洒天堂》有不少个翻唱版本。但许多人认为，最令人难忘的还是华纳三小男高音的演绎。曾与三大男高之一的帕瓦罗蒂签约的华纳公司，2005 年又签下了另外三位男高音歌手，他们分别是 11 岁的 CJ 以及 12 岁的帕特里克·艾斯贝里和本·英曼。这三位小歌手是华纳公司星探在遍访英国 50 多个地区的教堂唱诗班后千挑万选出来的。合唱《泪洒天堂》时，三小男高音衣冠楚楚，一副标准的小绅士模样，为他们伴奏的是世界一流的英国弦乐室内乐团。经三小男高清纯、透亮的嗓音演绎，这首歌显得更加婉转动人——由孩子来唱缅怀孩子的歌曲，或许再恰当不过了。

华纳三小男高音

《天堂里的泪水》歌词感人的地方，是它始终把已经死去的儿子当作仍然可以沟通的对象，轻柔地发问，体贴地猜度，仿佛是一场从日常生活中延续下来的父子之间的对话，跨越了阴阳两界。听着这歌，你同样会不由自主地

恋上生命。

十多年以后，中国的摇滚歌手们沿袭了这种朴素感人的问话体，而他们所缅怀的是因车祸身亡的唐朝乐队的贝司手张炬。2005 年 4 月，张炬生前好友唐朝乐队、峦树、许巍、周晓鸥、张楚、高旗、汪峰、李延亮、陈劲、马上又、姜昕、李小龙等人，仅用一个月的时间，就联手制作出一份送给张炬及其家人的礼物——合集唱片《礼物》。此时张炬离开已经有整整十个年头了，十年之间，许多感情都充分地发酵了，酝酿成烈酒，一有机会，便喷涌而出。

《礼物》也是这张唱片的同名单曲，采取的是多对一的问话形式，兄弟们轮番出场，别致而深沉。

先是许巍：剩最后一曲/你先开口唱吧/不然都睡了/总要有一个人醒着/夜不好熬；

接着是汪峰：剩最后一杯/我们分了喝吧/心都快冻僵了/应该让它轻轻跳一跳/蹦蹦也好；

然后是周晓鸥：最后剩你/自己陪着自己/最后剩我/变得越来越忧郁；

再然后是马上又：梦还剩一个/你先做了再说/别等天亮后/脸色都那么的遗憾/又不好抱怨；

最后是峦树：灯还剩一盏/你要你就点燃/若换堵枪眼/我就咬牙上前/用胸膛挡给你看……

伊迪丝·碧雅芙

这场兄弟之间的对话，无边无际，虽然谁都知道，天堂的那一边不会再有回答。

在中国摇滚乐的无数张唱片中，最让我感动的有两张，一张就是《礼物》，另一张则是《为了告别的摇滚》。后者也是一张合集，也与纪念有关，纪念的对象是邓丽君。这也让我想到，如果中国摇滚歌手真的愿意流露真情实感时，他们是能够感人的——可惜在绝大多数时候，他们并不愿意。

无法比较父子之情、兄弟之谊、恋人之爱在情感浓度上的高下，但古往今来最动人的悼亡诗，似乎都是写给故去的恋人的，从元稹的“唯将终夜长开眼，报答平生不展眉”，到艾米丽·勃朗特的“你冷吗，在地下，盖着厚厚的积雪”（这首《忆》才是问话体的老祖宗）。而我知道有一首歌，足可放置到悼亡诗金库中而毫不逊色。我始终没有听到这首歌的旋律，但它的文字已经让人震颤，它已经是一首诗了。

天也许会塌/地也许会陷/如果你爱我/又有什么关系/整个世界又与我何干/爱情沁入我所有的早晨/身体在你臂弯里颤栗/困难又有什么关系

如果有一天生活将你夺去/如果死亡使你远离/如果你爱我/那又有何要紧/因为我也会随你死去/我们会有我们的永恒/在无际的蓝天里/天堂不会有问题/我的爱，你相信我们相爱吗/上帝收集所有相爱的人

它叫《爱的礼赞》（Hymne A L'amour），是法国歌星伊迪丝·碧雅芙在痛失拳击手爱人之后自己填词的呕心之作。歌词的惊天地泣鬼神，会让你讶异这个只有 1 米 47 的小女子身体里蕴藏着多么澎湃的能量。

难道不是吗？上帝收集相爱的人，他们将在天堂想见，那时谁也不必向时间“求饶”。

2007 年 10 月

从流亡到流行

西城男孩

喜欢从文学艺术中寻找一点“禅意”和“世外桃源”风味的中国人，应该会喜欢上爱尔兰流行音乐：空灵，质朴，有一种“静气”散发出来。就连西城男孩这样的少年组合，身上也有着特殊的静气，一看就知道不是那种没心没肺、嘻哈搞怪的美国孩子。用茨维塔耶娃的诗句来形容，西城男孩是五个“莲花般的少年”，虽然也生长在时尚的淤泥里，但其清新和安静，仍然打上了鲜明的“爱尔兰制造”的烙印。

看到西城男孩，我想起了上个世纪的五个老男生，也都是爱尔兰制造。他们的名字是：王尔德、叶芝、乔伊斯、贝克特、萧伯纳。全是响当当的文坛巨匠，闪亮亮的开一代风气之先者，他们倒也构成了一个“文学五人组”，对于20世纪西方文学作出了巨大的贡献，正像今天的爱尔兰音乐对西方当代流行乐所作的贡献一样。

不能不佩服爱尔兰人在文学艺术上的创造力。一个巴掌大的岛国，区区几百万人口，似乎总是处于大英帝国巨大翅膀的阴影之下，总是处于一个差不多被遗忘的角落，但这个岛国国民那澎湃的创造热情却抑制不住，蒸腾在空中，化为云朵漂洋过海，飘到欧洲各地，飘到世界各地。

爱尔兰何以成为缪斯之神眷顾的地方？人们首先想到的肯定是爱尔兰在自然环境和政治格局上的特异性。爱尔兰被称为“翡翠岛国”，因为从空中向下看去，这是一个被葱茏草木覆盖的岛屿，温泉、溪流、森林、山脉，如诗如画。但从历史和政治的角度看，这又是痛苦和祸乱频繁光顾的地方。地图上的大不列颠岛和爱尔兰岛头顶着头，仿佛正在角力，而它们块头的悬殊，决定了爱尔兰受大英帝国压迫的命运。就这样，曼妙的自然风物和苦难的历史记忆交织在一起，构成了文学艺术的两大灵感源泉。

然而更重要的原因，或许要归结于爱尔兰在近现代史上长期的封闭和落后。这使得爱尔兰成为自然上的净土，宗教上的净土，其祖先凯尔特人的风俗、史诗、民乐保存得十分完整。但也正是因为封闭落后，导致了道德风尚上的“洁癖”，对从事文学艺术创作的人造成了相当大的压抑。爱尔兰人大多信奉天主教，家庭观念极重，直到20世纪90年代才勉强承认离婚合法。因此在天主教会的控制下，作品稍有出格即遭查禁，可以说，创作自由少得可怜，流亡海外也就成为爱尔兰作家无奈之下的选择。王尔德、叶芝、乔伊斯、萧伯纳跑到英国，贝克特跑到法国。所谓“文章憎命达”，流亡漂泊的状态、自我分裂的心态，反倒更激发了他们的思考和求索，从而达到了他人难以企及的深度和厚度。

这样一种自省和思辨的姿态，也晕染到爱尔兰音乐当中，使它比其他地方的流行乐多了一些深层次的东西。尽管由于载体的不同，静思的色彩在音乐中不可能像在文学中那么浓郁，但你仍然能够将一杯淡盐水和一杯白开水清楚地区别开来。当然也有U2乐队那样的“金刚怒目”，但大多数爱尔兰音乐，是把痛苦和压抑升华为一种灵气，收敛成一种静气，比如恩雅，比如可儿，比如爱尔兰画眉，比如神秘园。从中你会听到“自然”，你会听到“宗教”，再深一点，你会听到“史诗”，听到“神话”，听到“集体无意识”，许多意象在音乐中静静地生长，许多生灵在音乐中轻轻地呼吸，朦朦胧胧，若有若有，你无法用眼睛去看清，而只能用灵魂去体验，有一点似曾相识，但又让你感到那是一个不属于人世间的神秘而遥远的国度。爱尔兰音乐的“静气”和“灵气”就是来源于此吧。正如“神秘园”乐队的芙露娜和罗尔夫所说：每个人的内心都有一个独特的地方，每当我们痛苦、失落的时候，我们可以藉此获得安慰，平静心灵，这个在我们心灵中永生的地方就叫“神秘园”。

有了这么悠远的意境，大约就不需要再在形式上做过分的讲究。爱尔兰音乐又是质朴的，不需要那般华丽的装饰，也不需要那般激越的电声，风笛、木笛、竖琴、扬琴，这些保留了民族特色的古老乐器，把原本就悠远的意境拉伸得更加悠远。

小红莓

殊为难得的是，爱尔兰和英国这一对冤家在政治、军事、经济领域虽然时有龃龉，但在文学艺术上却形成了“伴生关系”，仿佛寄居蟹之于贝壳，小丑鱼之于海葵。两者的分工是不同的，但对于资源的配置和利用又是那么合理。法国《读书》杂志曾有一篇文章，标题就叫《爱尔兰：英国文学的养鱼塘》。题中之义是：那里有着最新鲜的空气、最新鲜的灵感、最新鲜的想象，源源不断地为英国文学艺术注入活力。那么反过来，我们也可以说：英国是爱尔兰文学艺术的加工厂，那里有最时髦的工业、最时髦的包装、最时髦的营销，可以将来自爱尔兰的灵感资源迅速制作成全世界所共享的文化产品。

生于爱尔兰，却在异国他乡成名。但作家与歌手的生存状态又是不同的，前者是流亡，后者则是流行。作家往往在漂泊和贫困中度过余生，乔伊斯说爱尔兰是“一头吞食自己孩子的母猪”，22岁时就永远离开了爱尔兰；叶芝的棺木在被运回国内之前，曾在法国的蓝色海岸停放了十年之久。而歌星们的运气总是那么好，由于现代文化工业和明星制的发达，叶芝们要用无数心血积累出无数诗行才能征服的疆域，一两首流行歌曲一两个月时间就能征服。不过，上帝在另一方面又是公平的：当你老了，睡思沉沉，你依然会从书架上取下叶芝的诗集，或翻看贝克特的剧本，或遥想王尔德的逸事，而恩雅和西城男孩的唱片也许早不知放到哪个角落，落满了灰尘——

人各有命，命各有福。

2007年2月

五色圣诞节

平·克劳斯贝

菲尔·柯林斯

一个完美的圣诞节应该有什么呢？当然应该有雪花，有大餐，有焰火，有贺卡，有狂欢派对，有圣诞老人，有装满礼物的长袜子……还有一样少不了，那就是美妙的圣诞歌曲，它们把圣诞节装点得五彩缤纷。

***白色——永恒经典**

《白色圣诞节》（White Christmas）无疑是众多圣诞歌曲中最著名、最流行的歌曲之一。词曲由美国著名音乐家欧文·柏林于1942年创作，由当时最受欢迎的歌星平·克劳斯贝演唱。歌词表达了二战期间前线战士和后方家人之间的思念，流露出“回家”的强烈渴望。

《白色圣诞节》上个世纪50年代正式发行以后，就在全世界范围内广泛流行开来，在艾尔顿·约翰的《风中之烛》之前，《白色圣诞节》保持世界上单曲发行量最多的这一纪录达半个世纪。

歌中这样唱到：

我梦想有一个白色的圣诞节，

同我过去熟知的圣诞节一样，
树梢在闪亮，
孩子们在倾听着雪橇的铃声。

我梦想有一个白色的圣诞，
在每张圣诞卡片上我写道：
“祝你天天幸福快乐，祝你所有的圣诞都洁白如雪。”

无论在何种文化中，“回家”都是最温暖的文艺母题之一。即便在讲求个性的西方，圣诞节也是先平安夜再狂欢夜，天然的顺序，人伦的秩序，正合上帝的旨意。

＊红色——俏皮旋律

《红鼻子驯鹿鲁道夫》的旋律特别欢快和俏皮，让人听了之后忍不住想跳跃起来，像一只真正的驯鹿那样在雪地里奔跑。

1936 年，美国大零售商蒙格玛利·沃德公司的老板要求他的撰稿人罗伯特·麦编一套系列丛书供应圣诞节市场。罗伯特·麦写了一个故事，讲述一只受人嘲弄的驯鹿最终被委以重任的经历。这本儿童读物销量几百万册。随后他的妻弟约翰尼·马克提炼了歌词，再配上曲子。

1949 年，牛仔歌星吉恩·欧迪的演唱使这首歌在国际上走红。

红鼻子驯鹿鲁道夫，
它的鼻子真可笑，
如果你曾见过它，
会说它的红鼻子放光华，
所有的驯鹿都嘲笑它，
不肯和它一起把雪橇拉。
一个有雾的圣诞夜，
圣诞老人发了话，
鲁道夫的鼻子亮堂堂，
今晚为我们带路吧……

走自己的路，别在乎别人的嘲弄。《红鼻子驯鹿》在俏皮之下，包裹着一颗纯真的美国心：美国式的励志甜品，美国式的乐感文化。

＊绿色——爱心合唱

1984 年，英国歌手菲尔·柯林斯在新闻中看到非洲一些地区的人民，长期处于饥荒与营养不良而死亡。他的心情无法平静，于是便在圣诞节之前提出构想，由数十位当红艺人共同灌录单曲义卖，将义卖所得援助非洲饥民，单曲《他们知道现在是圣诞节吗》（Do They Know It's Christmas ）就这样诞生了。这张单曲推出后，立即在全世界引起回响，光是英美两地就卖出约 320 万张。

在圣诞时节为别人祷告并不容易
但当你寻欢作乐时
在你的窗外有另一个世界
那是一个忧惧与惊恐的世界
那儿唯一流动的水
是刺痛的泪水
那儿响起的圣诞铃声
是死亡的钟声
今晚感谢上帝，是他们代替了你受苦

今年的圣诞节，非洲不下雪
他们今年最好的礼物就是活着
那儿寸草不生
没有雨水，河水不再流
他们知道现在是圣诞节吗？

（敬你！）为大家举杯
（敬他们！）在那灼热的太阳下
他们知道现在是圣诞节吗？
救助这世界，救助这世界，救助这世界
让他们再次明白圣诞节到了

救助这世界
让他们再次明白圣诞节到了

这首向非洲饥荒难民表达爱心的歌曲，启发了世界各地的音乐工作者，各类慈善义唱的风气至今依然不息。可以说，美国群星的《四海一家》、我国的《明天会更好》和《让世界充满爱》，都受到了它的影响。

歌星，尤其是流行歌星，不仅是现代社会的娱乐分子，更是相当有分量的权利分子，他们不应该把权利变成势利，而应该更多地利用手中的话语权，来捍卫那些永恒的普世价值。

不断“变脸”的迈克尔·杰克逊不变是对公益事业的热爱

＊金色——拉直问号

这个世界上究竟有没有圣诞老人呢？相信许多人都会提出这样的疑问。《极地特快》中的主人公克劳斯就被这样的疑问所包围。他的父母和周围的朋友都告诉他圣诞老人只不过是个虚构的人物，但克劳斯却坚持相信圣诞老人的存在，因此，克劳斯经常会遭到同伴的嘲笑，但他始终没有动摇信念。

终于，克劳斯的坚持为他赢得了回报。在一个圣诞节的前夕，克劳斯在恍惚中睡着，忽然地板开始颤抖，桌上的器皿哗哗作响，随着汽笛声呜呜长鸣，一列神秘的火车停在门前，他紧张地打开房门，看见一位和蔼的列车长站在了他的面前。列车长邀请他乘车旅行，前往北极参加圣诞庆典，拜访传说中的圣诞老人。克劳斯惊讶极了，惴惴不安地答应下来。

整个旅程当然充满了艰辛，当克劳斯难免感到犹豫和彷徨时，他的心中也忍不住有了一个问号，影片中的插曲《我想要圣诞节降临在这城市》就表达了他复杂的心情。

对着星星许下愿望
并且尝试着去相信

即使一切是多么遥远
他会在圣诞夜来寻找我
我猜圣诞老人一定是很忙
因为这样所以他才没来到我的身边
每当圣诞节来临的时候我都会想他
一年之中最好的时节
当每个人回到家的时候
带着圣诞节的祝福
每个人都不会孤独
当圣诞节来临到这个城市的时候装饰起圣诞树和朋友一起
是多么快乐的事情
给孩子们的礼物都包裹在红色或者绿色的盒子里
这些关于圣诞老人的事情我全都记得只是从不曾真的见到
没有人将会在圣诞节的夜晚睡觉
希望圣诞老人在途中
当圣诞老人的雪橇铃响的时候
我听见他就在周围
当天使的使者在歌唱
我却从听不到这一种声音
当孩子进入梦乡的时候
这谎言就会被拆穿
我想要圣诞节降临在这城市

最后，克劳斯终于见到了圣诞老人。可以说，疑问是灰色的，而答案却是金色的，整个过程是一种渐变色。

我思故我在，不分老幼；我问故我在，不分先后。在成长的过程中，人们还会继续问出“究竟有没有圣诞老人”式的问题，等到彻底丧失提问的能力时，你真的老了。

＊粉色——温柔回忆

圣诞节总是伴随着许多温柔的恋歌，把节日染得粉红粉红的。光良的《2999 年的圣诞节》是其中很独特的一首，把人带进了一个充满幻想的境界。

事隔许多年我们在某处相见

几光年从不觉得遥远
地球尚未搁浅几世纪地转天旋
看一眼久违的蓝天
那一天全世界也许早已不见
我和你还守护这时的约
那一天多想念圣诞节的白雪
我和你怀抱里的小世界
地心引力拦不住
朝着你的方向想念
拉一条未知的线
另一端等你来串连
那一天一瞬间梦境都会实现
我爱你穿越了时空象限

温柔的回忆，经历几光年，仍然仿佛昨日。这是2007年左右国内歌坛（包括文坛）“穿越风”劲吹之下的产物，有的穿越到先秦，有的穿越到满清，有的穿越到古罗马，有的穿越到旧上海，相比之下，这首歌是向后穿越，稍见新意。

五色的旋律，使得圣诞节成为一只巨大的五色冰淇淋甜筒，就着火锅，把冰雪融化。

2008年11月

你多久没合唱了

瑞典影片《其实在天堂》(As It Is In Heaven)是关于合唱的礼赞，其立意与《谈谈情，跳跳舞》相仿，说的都是艺术对于庸常生活的拯救。片中主人公丹尼尔是蜚声世界的指挥家，由于严重的心脏病，再加上对演艺事业的厌倦，他从繁重的连轴转的工作中“闪”了出来，回到了童年生活的村庄。

村庄里有个唱诗班，听说大指挥家来了，恳求丹尼尔担任他们的艺术指导。丹尼尔因为在乡间实在无事可做，也就答应了，而且从头教起。在教学过程中，大指挥家有点像个魔法师，他告诉对歌唱艺术一窍不通的乡亲们：首先要学会聆听，聆听大自然的声音，聆听自己内心深处的声音，然后再尽情地释放自我……做完一系列“准备工作”之后，你才可以放声歌唱。

偏偏这些村里的红脸膛乡亲，虽然个个看起来很淳朴，其实都是“有故事的人"，都有这样那样的难解的心结。比如，少女莉娜刚刚上了一个已婚男人的当，身心严重受创；茵格的牧师丈夫是个"假道学"，夫妻关系一直极不和谐；加百娅长期受其丈夫克里"家暴"，伤痕累累，忍气吞声；胖子赫姆雷从小就在"肥佬"的讥讽声中长大，人已中年还得背负着这个窝囊的外号……丹尼尔的教学法，迫使他们直面自己的内心世界，许多原本隐藏的矛盾开始表面化了，但问题一旦表面化，反而有了解决之道。丹尼尔专门为加百娅写了一首歌，歌中唱道：

我从未迷失自我/只当睡觉时暂时离开/或许我从未有机会/只是希望永远活着/我所要的就是快乐/活出自我……我想象的天堂就在这里/我有一天会找到……

丹尼尔不过是借别人之口唱出自己的心声，他也是个"有故事的人"：童年时经常受同龄孩子欺负，以至于妈妈不得不带他离开村庄到别处生活；而就在他获得小提琴比赛金奖的那一天，妈妈因兴奋而"慌不择路"，结果竟被一辆飞驰而过的汽车轧死……这些遭遇，使得丹尼尔成人后觉得自己失去了爱的能力，变得不敢去爱。

撩拨别人心事的丹尼尔却将压迫自己的陈年往事埋在心底，从不倾诉；直到有一天他被逼无奈才和盘托出，这时乡亲们围在他身旁，合唱起他为加百娅写的那首歌曲，丹尼尔终于在歌声中放下从童年起就开始背负的重壳，后来还与莉娜产生了爱恋……

这就是歌唱的疗伤作用，经由愉悦达到救赎。尤其是在合唱中，你会感到自己融化在其间，然后变成一个没有形状但仍有知觉的实体，被众人的歌唱声托举起来，飘浮于半空，从而站在一个比平时更高的角度审视世间，这也算一种高峰体验吧。到最兴奋处，你或许有点恍惚，而在恍惚中，正如莉娜所说，你会看见其他人身上生出了一对天使的翅膀，先是一个人，接着两个三个，最后所有的人都生出了天使的翅膀，仿佛就在天堂。

《其实在天堂》有一个细节让人不太满意，里面说因为唱诗班的合唱事业越来越红火，乡亲们甚至不愿去教堂了，由此还引发了牧师与丹尼尔的一场交锋。我想，这大概是导演想追求戏剧冲突而有意安排的。实际上，西方的合唱风气与宗教精神息息相关，其最早的载体之一就是教堂里的唱诗班。唱诗原本就是众生借以与上帝亲近的机会，声音就是个人救赎的通道，合唱的形式则暗示通往救赎的路并不孤单。但歌唱又不是简单的祷告或忏悔，由于附丽于艺术，它成为一种更高层次的宣泄、召唤和对话；同时，歌唱者直接面对上帝，不需要牧师神甫等任何中间环节来“转述”，象征着在上帝面前人人都是平等的。此外，合唱多少带有大众娱乐的成分，表明上帝和娱乐、信仰与救赎并不矛盾……正因为包含着如此深厚的内涵，所以每当在欧美影片中看到唱诗的场面，即便是《修女也疯狂》这样的恶搞电影，我也会为之动容。《21 克》中刑满释放的杰克，面色凝重地站在教堂的穹顶下，跟在一大班人后面虔诚地合唱，一个单词一个单词地哼唱，一个音符一个音符地累积，只为自己身上也能生出天使的双翼，哪怕是丝毫绒毛也好。

“我唱，你唱，他唱……影片《放牛班的春天》如一声响雷，让法国合唱事业如雨后春笋般地繁荣起来，时至今日，共汇集起几十万各个年龄段的合唱业余爱好者。”这是法国人的一篇评论。2004 年上映的《放牛班的春天》，是从另一个视角展现合唱魅力的法国电影。相比之下，我们这边虽然“想唱就唱”的人越来越多，但合唱生态基本上还是一片荒芜。由此我想问问自己，顺带问问别人：“你有多久没合唱了?”

我的上一个正儿八经的合唱还是在高中二年级，和全班同学一起，当时的情景还依稀记得，但具体曲目早已忘了。以后就是长时间的不唱，或者是一个人的独唱，再未参加过有组织的合唱。我总是有点古怪地认为，合唱比独唱需要更多的勇气，因为它似乎更暴露自我。可能是不愿把自己的心灵跟别人的心灵联系在一起，也可能是终究没有一个神圣的终极存在，要召唤它并与之对话——于是合唱似乎完全从我的生活中蒸发掉了。

那些在 KTV 的夜晚，也往往要经过好多个独唱的酝酿，情绪彻底放开，到结尾处才会迎来一个起哄般的合唱，如同“曲终奏雅”。但过后回忆起来，留给人最深印象的还是那些“合唱”的场面，哪怕唱的是《嘻唰唰》《真心英雄》这样的歌曲，我仍然可以看到周围的人身上有什么东西在萌发，现在才知道那就是天使的翅膀，在黑暗中闪光。

2006 年 5 月

捡拾歌魂

前些天又看了一遍俄罗斯影片《西伯利亚的理发师》，其中最令我感动的一个场景是：遭流放的安德烈被押上了开往西伯利亚的列车，他的士官生同学赶到车站来为他送行。士官生们不知安德烈究竟关在哪一节车厢，遍寻不获之下，唱起了大伙平时最爱唱的合唱曲——柴可夫斯基《1812 序曲》选段。蜷缩在黑暗车厢里的安德烈听到同学们的歌声，一边低声和唱，一边潸然泪下。

有一种音乐精灵化身而成的“歌魂”之类的东西，存在于合唱之中，更甚于存在于独唱之中。通过合唱去发现和定位自己的心魂，同时也呼唤和寻找别人的心魂。在“歌魂”的指引下，迫近自我，贴近他人，靠近神灵，彼此的心魂在歌声中被一一照亮。

回首往昔，重新聆听那些年少时的合唱，一部小小的个人心灵史也由此展开。

小学一二年级时合唱《让我们荡起双桨》，是何等悠远的意境，又是何等欢畅的情怀。王小波论及诗歌翻译的高妙，举了“朝雾初升，落叶飘零/让我们把美酒满斟”的例子。《让我们荡起双桨》也同样“带有一种永难忘记的韵律”，唱起这首歌，就像举起了一杯美酒，当然还称不上青春的美酒，而是比青春美酒更无忧无虑的甘甜汁液。

四五年级合唱李叔同的《送别》：“长亭外，古道边，芳草碧连天”。我后来听过不少人的独唱，但这首歌非得合唱，才能曲尽其妙，也才能营造出气势，不是酸酸甜甜的小伤感，而是一种博大恢弘的悲剧情怀。少年初识愁滋味，自这首歌始。

初中时合唱《五月的鲜花》，唱着唱着，一种崇高感在心中升腾，“为有牺牲多壮志”。但唱到结束处，当悲怆情绪被宣泄干净后，整个人又是痛快的。崇高感首先是一种快感，再崇高的情绪，也都是以快感为底的，所以人才会心甘情愿地受其驱使。

高中时合唱《童年》，又领略到不同风格的审美冲击，其谐趣的外表下蕴藏着很多东西，有自我解嘲和自我赏玩，同时也有自我缅怀和自我期许……

还有许多许多优美的合唱，这里不一一列举了。说实在的，年少时我是一个无比腼腆的人，并不十分喜欢音乐课，尤其害怕音乐考试，甚至想把音乐课都变成体育课或美术课。高二时学校以班级为单位搞合唱比赛，我从头至尾参加了排练，却在最后时刻与另外两个五音不全的同学一起被刷了下来，其情形真与我小学时被校腰鼓队刷下来一模一样。可见，真是一点音乐舞蹈细胞都没有的。但这些，都丝毫不妨碍我喜欢音乐；我甚至想，传说中滥竽充数的南郭先生也未必不喜欢音乐的。

巴黎男童合唱团

工作后，不复再有合唱的机会了，所以我写过一篇文章，叫《你多久没合唱了》。据说在法国，因为一部展现合唱魅力的影片《放牛班的春天》的带动，合唱事业在沉寂多年之后，又迎来了第二个春天；而在我们这里，随着合唱节等活动的开展，合唱的风气会慢慢高涨起来，但我想，限于演出条件和公众基础，合唱的影响在相当一段时间内可能还是比较有限的。

唯有回忆是随时供你调遣的。那些曾经合唱过的曲目，以为已经忘却了，以为已经失落了，但年岁渐长之后，那一个个音符却一天比一天更清晰，等待着你去捡拾。仿佛朗费罗的那首小诗：

我向空中射出一支箭，
不知它落到哪里；

它飞得好快啊，
眼睛跟不上它的踪迹。

我向空中吐出一支歌，
不知它落到何方；
谁有这样尖，这样强的眼力，
能追上歌声的飞翔？

很久很久以后，在橡树上，
我找到那支箭，还不曾折断；
还有那支歌，也被我找到，
从头到尾藏在朋友的心间。

流放到西伯利亚的安德烈，没过几年就满脸皱纹满腮胡须了，几乎是一个糟老头了。但在放牧、砍柴、打猎时，往昔激越昂扬的旋律时常在他的耳畔响起。经由歌声打开的特别通道，他再一次与朋侣照面，与青春相见。

2006年10月

阳光下的灰雨衣

从我单位走到父母家，要五首歌的工夫，走得再快些，也要四首歌的工夫。以前常说“一袋烟的工夫”或“一支烟的时间”，是因为烟不离手，有时就干脆夹在耳朵上；现在则是音乐不离身，耳机时刻插在耳朵里。音乐，就这样成了新的时间计量单位。

先是砖头般的随身听，然后是轻巧的索尼 Walkman，再到飞盘似的便携 CD 机，接着是具有里程碑意义的 MP3，再到艺术气质浓郁的 iPod，便携式音乐设备是越做越小了，而且越来越像从人体上长出的一个器官组织。按照这样的发展趋势，我想人类最终会发明出一种音乐芯片，直接放置在人的大脑里，真正与肉身融为一体。

老实说，我也只是在比较僻静的街道上，或是在难熬的旅途中，才听 MP3；而走在熙熙攘攘的繁华大道上，或是坐在拥挤的公交车里，我几乎是从来不听的，因为对自己的年龄已经有一点不好意思了。但我喜欢看那些入迷地听着 MP3 的年轻男女，我隐隐觉得，他们是我的“同类”。从他们身上，我似乎看到了自己年轻时的样子。

那些耳朵里时刻插着耳机的人，行为总有一点乖张。音乐像一道玻璃幕墙，把他们与周围这个世界分隔开了。他们不再属于眼前这个空间，也不再属于当下这个时间。他们的躯体可能还在做机械运动，甚至能够灵活地避让开迎面而来的行人，避让开呼啸而过的车辆，但他们的灵魂无疑已经出壳了，来到了一个由音乐之神主宰的地方。一句话，他们被音乐施了魔咒。

当周围的人在欢笑时，他们可能面露悲戚，眼角甚至还会有一点湿润；当周围的人表情木然时，他们又可能面带喜悦，甚至扑哧笑出声来。因为，他们早就陷入到每一首歌曲的规定情景里面，心甘情愿地扮演起了里面的主角。在周围的人看来，他们是恍惚的、失神的、神经质的，仿佛是从一个陌生的地方被抛过来的。的确，他们自己也打心眼里认为，他们是被粗暴地“抛”过来的，所以才一心想要逃离眼前的这个世界，而那个小小的、似乎带有魔性的盒子，就是他们的隐形的翅膀。

“你说我是你认识最奇怪的女孩/出太阳还穿着雨衣/冬天里爱吃冰淇淋/大家都快乐我却流眼泪/不为什么忽然笑起来/你说我是你认识最恍惚的女孩/常常看着天空发呆/好像有很多心事解不开/对你发脾气又怕你生气/专心看着你永不嫌腻/其实我心里有个秘密/这秘密让我在阳光里渴望拥抱/所以穿雨衣/这秘密让我在冬天里热情燃烧/思念不停息/看见你为我停下的身影/于是开心地笑起来/想起我永远不会拥有你/眼泪就这样掉下来”

张清芳的这首《深邃与甜蜜》，描绘了一个害着单相思的女孩，因为心底灼人的秘密而专跟周遭的环境和人拧着干。这让我想起那些离不开 MP3 的年轻男女，他们似乎也在对另一个世界害着相思，从而自觉或不自觉地流露出与这个世界对着干的姿态。音乐，使他们有了另一种逻辑，有了另一种生存形态。每天，他们用 MP3 抗拒着死气沉沉的现实世界；每天，他们从庸庸碌碌的时间列车上偷下属于自己的一个片段，无数个片段连缀起来，就构成了让人越来越迷醉的“深邃与甜蜜”。

乔布斯展示 iPod

当苹果公司的老板乔布斯站在纽约街头，看到来来往往的人们耳朵里几乎都戴着 iPod 的耳机，他觉得 iPod 已经统治了整个世界。其实，真正统治世界的还是人自己的性灵，E 时代精灵 iPod 恰好成为承载人们性灵的一大工具。iPod 在美国已经成了一种文化，甚至成了一个神话、一个图腾，催生出大批“iPod 教徒”。有这么一件趣事：杜克大学给部分一年级新生免费发放了 iPod，所配的耳机颜色是最普通的白色，这下老生不干了，为了避免被别人当作享受免费待遇的新生，他们纷纷换用其他颜色的耳机：赤、橙、黄、绿、青、蓝、紫……

无论它是什么颜色，无论它叫 MP3 还是 iPod，我总觉得那件“雨衣”是灰色的。灰色，折射出这个世界“本来的样子”，而一旦穿上灰雨衣，你就能看到这个世界“应该的样子”，你就能在五彩缤纷的水下行走，永远不会被音乐之海淹死……

2007 年 10 月

第二辑　减去一天

十　年

美国古典音乐评论家泰德·利比写道：“很难想象，短短十年间（1803～1813）就诞生了柏辽兹、门德尔松、舒曼、肖邦、李斯特、瓦格纳及威尔第，这些改变音乐史的浪漫乐派先锋……”

与古典音乐史上的“黄金十年”相似，华语流行音乐史上也有这样的“黄金十年”：同样也很难想象，在1985至1995年这短短十年里，就诞生了许冠杰、谭咏麟、张学友、张国荣、陈百强、梅艳芳、林忆莲、苏芮、罗大佑、蔡琴、童安格、齐秦、王杰、赵传、陈淑桦、张信哲这么多非凡的歌者。

那是一个港台歌坛齐头并进的十年。相比较而言，香港歌星的商业化程度更高，“星”味也更足；台湾歌星的人文气质更浓，具有更好的文化底蕴、历史传承和民族特色。

那是一个歌者个性无比鲜明的十年。就拿组合来说，Beyond的昂扬，达明一派的绚丽，小虎队的清纯，优客李林的悠远，都是特立独行的美。不像现在许多组合千人一面，你有时得凭借他们闹出的不同的绯闻事件来区分他们。

童安格

陈百强

那是一个CD机还没有完全普及的十年。听的还是磁带，而且由于正版磁带售价不菲，多半是买来空白带去翻录。我在大学读书时，学校电教中心对外提供录音服务，我常拿着空白带，细细瞅着玻璃橱窗里贴的磁带封皮来选择翻录的对象。有时候也会躲在家里，自己从收录两用机里东录一首西录一首，炮制成所谓的“豪华拼盘”。

磁带是个爱罢工的家伙，走音、失声、发霉、绞带、断带是常有的事。我们时而需要把磁带抽出来，把断了的地方两端剪整齐，再用透明胶带粘好，最后用一根铅笔去卷紧。堪比台湾乐评家庄裕安笔下擦洗老式唱片时的“温馨”情景：“好像给新生娃娃洗澡，下水前要轻盈宽衣解带，水温要冷热适中，浴毕擦拭扑粉包裹，动作要快免得着凉，要轻免得弄痛……”对于爱乐者来说，必须经过这些琐碎的麻烦后，才能进入音乐天堂，慢慢的，它们也变成欢娱的一部分了。

就是这样一个黄金十年，戛然而止了，如同青春在一夜之间尽失。是什么阻碍了黄金十年扩张为黄金十五年乃至二十年呢?

一是视觉时代取代了听觉时代。以前的音乐是听的，随着MTV和演唱会产业的发达，音乐变成看的了。于是歌星将四分之一的时间用在扭扭捏捏的装扮上，四分之一的时间用在摇摇摆摆的舞蹈上，四分之一的时间用在闪闪亮亮的舞美上，剩下的四分之一时间才给了歌唱。

发黄了的“达明一派”

二是越来越浓烈的“演而优则唱”之风。大批五音不全的大小明星凭借在影视领域的影响力，混进了歌坛，最后终于堕落成黄秋生所说的“连哑巴也能唱歌”了。

三是不切实际的全面R&B化。它的目的就是把好好的中国唱腔变成花腔鸟语，而且还是不知哪个爪哇国的鸟语。看着一群人争先恐后地说着鸟语，你是感到滑稽还是悲哀?

年少的朋友听我意气用事地说了这么多，多半会把我看成是一个妄说玄宗的“白头宫女”；他们中有文化的还会说，当上一代人踏入沉闷无趣的中年后，即使经历过的是废铁时代，也会当作黄金时代来回忆。但我想说，那的确是不可复制的辉煌，是我们这一代人的“开元盛世”和“天宝遗事”；我恐怕真是一个“白头宫女”了，那些以前视若珍宝的磁带弃在一边静静地落着灰尘，如见捐的秋扇。

2005年6月

那些快被忘掉的人

＊台北才子

听到周传雄的《寂寞沙洲冷》时，我想起以前读过的许多宋词来。其实，比周传雄早近20年，就有人这样玩文字了，那是黄舒俊的《雁渡寒潭》。

黄舒骏当年一直跟罗大佑较劲，但始终没能像罗那样大红，在内地，他走红的程度甚至比不上才气差得多的游鸿明。究其原因，大约黄和罗两个人的气质是不一样的。前者书生气更重，而且一心想着往更高更清冷的层次上走，不像后者那么通俗，那么粗野，那么具有爆破性，那么具有煽动性。

但黄舒骏的确是才子，他的《见怪不怪》《偶像不死》《改变1995》《两岸》等歌词，充分显示了在素材上的开放度和文字上的掌控感，才子就得有这样的机智和谐趣，"拣到篮子里都是菜"，信手拈来。这样的歌词，罗大佑未必写得出。至少，黄写来不需要像罗那么用力吧。但写得太轻松了也未必是好事，因为更多的人是靠沉重、甚至靠受苦受难的形象红起来的。

还有一首《只愿为你守着约》，王菲唱的，她的歌我以为总是林夕写的，但又有一种陌生感，后来一瞧名字，才知道是黄舒骏。歌词凄美得文雅："除了等你，我的心如止水/我痴心守约，不愿更改一点点/是什么世界/还有我们这般遥远的苦恋/我什么不缺，只贪有你在身边……"

比黄舒骏稍晚，又出现了才子张洪量。但他也没有大红，或者说，他自己没有大红起来，而他为别人写的歌还是很红的，比如给许志安的《为什么你背着我爱别人》、给莫文蔚的《广岛之恋》等等。或许在骨子里，张洪量未必喜欢这些红歌吧。李宗盛总结说有两种不同的歌曲创作：一是写"动听的歌"，有固定模式可循，操作起来并不难；二是写"诚恳的歌"，则很费心力，而且真正写出来娱众还不一定喜欢。

2004年的一个晚上，在电视上看到张洪量到刘仪伟《东方夜谭》做节目，想不到他是那么搞笑、那么健谈，谈了许多俗俗的琐事。但同样想不到的是，他看起来是一个彻底的中年人了，不再是当年那个刚脱下白大褂、抱起吉他唱《祭文》的大孩子了。

我想起一句“台北才子他乡老”来。典出韦庄“洛阳才子他乡老”，也是一句宋词。

＊新加坡“疯子”

许美静疯了，这消息让人惊愕不已，也让她在销声匿迹多年后再度进入人们的视线。

许多年前听《城里的月光》，许多人都说好。一位朋友曾说，这歌特别适合做电脑的背景音乐。我试了试，果然不同凡响。但听到最后的“城里的月光把梦照亮/请守护它身旁/若有一天能重逢/让幸福撒满整个夜晚”，总忍不住要离开座椅，舞之蹈之，因为它以渐进式的旋律，营造出一种世界大同的感觉，使每一颗孤独的心灵都得到拯救。

而如今，这个用歌声拯救别人的人，自己却疯了，要拿什么去拯救她呢?

女歌手，特别是流行女歌手，疯的几率远远比女诗人低。所以，对于疯了的女歌手，我在惋惜之余，总保持着深深的敬意。一般说来，她们都是有着独特个性的歌手，她们对情感有更多的奢求。

日本歌星中森明菜被人们称作“不能变幸福的歌姬”，因为感情生活的不如意，曾两度自杀未遂，她看似自我解嘲而又特别认真地说：“如果中森明菜变幸福了，唱歌就一定唱得不好听，我觉得神故意不要让我幸福。”这种为歌艺甘愿“飞蛾扑火”的精神，总是让人动容。

但同时，这又是一种非常要命的心理暗示，仿佛要去自造磨难似的。这种心理暗示有时甚至会形成一种习惯，越发把自己的日子往糟里过。俄罗斯白银时代女诗人吉皮乌斯在诗中宣称："我并不为你们去祈祷幸福，我祈祷的内容远比幸福高尚。"一切濒临疯狂边缘的女诗人和女歌者，追求的都是比幸福更深刻的东西。或许，正是这种自我制造的高尚感，正是这种对深刻的追求，生生地克了自己。

有时，我们对艺人有一种奇怪的矛盾心态，为了看到更好的作品希望他们疯，但见到他们疯的状态时又觉得生活残忍，作为受众的自己也很残忍。

＊香港"戏子"

蔡一杰，你还记得这个人吗？这个快要被遗忘的草蜢主唱，前不久刚被狗仔队拍到去内衣店买女式睡衣——在狗仔和娱众看来，这已经是明确无误地暴露了性向。

草蜢曾经在歌迷心中播下了无比快乐的种子，当《失恋阵线联盟》《半点心》《忘情森巴舞》等歌曲响起，你会忍不住蹦跳起来，不管自己当时遭遇的是悲还是喜，也不管歌词中写的是悲还是喜。

草蜢的歌词大多是悲的，却由欢快的节奏带出，让人在摇摆中麻醉。在他们的歌中，男性主人公多是处于情感上的弱势地位，总是在企求爱又总是得不到满足，似乎有一丝悲剧意味，但欢快到甚至有几分轻浮的曲子，又将这种萌芽状态的悲剧意味自我消解。这就是矛盾的草蜢，也是有趣的草蜢。

草蜢的曲子基本上是舶来的，直接取自欧美舞曲，似乎只有西洋人才能没心没肺地把那种"悲"舞出喜感来（请想一想《Super Star》）。当时的香港乐坛就是这样的，大哥级人物谭咏麟、张学友也如此，只不过他们的目光盯的是东洋。

香港乐坛可能是最急功近利的，总是满足于从欧美、日本贩来悦耳的曲子，再由几个文人骚客填上明艳的词，就靠这打天下了。在音乐的原创能力方面，它甚至比不上新加坡。这就是为什么港星“星味”最浓、号召力最强，但香港乐坛潜伏的危机却最为深重的原因。

香港乐坛的关注点从来就不是原创，而是制成品，甭管这作品从哪里来，只要好卖就行了；而到了现在，干脆连制成品都不重视了，关注的焦点从“作品”彻底走向了“八卦”。就拿早已经过气的草蜢来说，蔡一智、蔡一杰、苏志威三个人真是各有各的八卦。

这就是商业至上的社会，是要将一切消费到极致的，包括明星在内。过度消费，使明星在得到许多不该得到的名利之外，也受了许多不该受的罪。所以我们在同情和怜惜之余，总有一种忍不住的幸灾乐祸；而在幸灾乐祸之余，又有一种隐约的负罪感——我们隐约地感到这一切不应该是这样的，但又不知道是哪个环节上首先出了错。

消费明星与旧社会消费戏子相比，还是有着一定的区别。首先，消费主体不同，以前是君王、大员、大亨，现在则主要是大众，似乎进入民主社会了，但我们却遗憾地看到，“暴民”猛于“暴君”。其次，消费客体的心态不同，以前因为做稳了奴隶而心神安宁，现在则因为对做奴隶心有不甘而导致人格分裂，难免就有了心理疾患。

灰了原创，黑了艺人，红了八卦。

2006年9月

Jay 的智慧

许多人都说现在的孩子懂的东西多，变聪明了。我却觉得这种说法经不起推敲，因为人类的智力需要几万年才能进化那么一点。所以，不是现在的孩子变聪明了，而是他们的信息量变大了。

我们同样可以从信息量的角度来看待周杰伦的歌曲，信息量大正是其特色和优势所在。当李敖听说周侯恋后，有点酸酸地说侯佩岑应该找一个更有文化的人，言下之意是找像他那样的学究。其实，周杰伦恰恰是流行歌手中最有文化也最有智慧的人之一，而他的文化和他的智慧，就体现在他对于当今社会各种庞杂信息的整合上。

真的，从周杰伦的歌曲中你可以听到太多的东西，简直是古今中外无所不包。他一会儿“爱在西元前”，一会儿又来到“1943 年的上海”；在幽暗的“威廉古堡”里他珍藏起“半岛铁盒”，在“印第安老斑鸠”的叫声中他又播种下“七里香”；他一边喝着“爷爷泡的茶”，哼唱着“娘子”，一边又注视着“反方向的钟”，期待着“半兽人”的出现；他挥舞的是中式“双截棍”，打的是“龙拳”，身份却又是日式的“忍者”，抽空还得客串一下“米兰的小铁匠”……

周杰伦实在是一个高超的波普艺术家，把各种文化元素都整合在他的作品里。而他的受众正是所谓的“吞一代”，他们不仅胃口巨大，而且似乎只会引用、搜索、剪接、复制、粘贴，已经没有多少综合和分析的能力，更没有多少思考和创造的能力。周杰伦恰好在这个时候出现了，他的作品作为一个五光十色的信息库，无疑具有巨大的诱惑力。说实在的，周杰伦在唱功上存在着“硬伤”，舞姿也谈不上优美，但是他天生具有在各种音乐风格之间左右逢源、东成西就的能力，再加上那多彩的歌词和斑斓的意象，营造出令人迷醉的奇幻氛围和“八度空间”，让“吞一代”们觉得他够有文化，又够酷。正如一位歌迷所言：“几乎没有什么东西是他不能唱的，没有什么东西是 Jay 不能写进歌词里的。那些东西在我们看来，拿来唱歌绝对是极不协调的，唱出来也只可能是小丑般的感觉，可是它们却全任 Jay 摆布，带给我的，只有说不出的舒服。”

周杰伦不仅波普着文化和音乐，而且还波普着道德和性格。待人接物的不羁甚至无礼（例如他声称要用自己的臭袜子堵歌迷的嘴），与他对于自己长辈的极端孝顺混合在一起，同样组成了一幅奇幻的图景。应该讲，“狂”和“孝”这两面都有着强烈的吸引力。

当然，在众多元素中周杰伦自有其侧重点。周杰伦其实并不反叛，或者说他反叛的部分所占的比例很小，他在内核里还保留了许多传统文化和传统道德的东西，而这些传统的东西又正好迎合了当今青少年一代中民族主义的倾向，使他获得更深一层的喝彩。或许年纪大一点的人觉得他模拟古典诗词意境的《东风破》显得怪里怪气，也不认同他将专辑命名为《叶惠美》这一表达对母亲的孝心的方式，但恐怕你必须承认，古典诗词和传统孝道恐怕真的要凭借这样的时尚载体，才能走入青少年一代的心间。

从事流行音乐或时尚写作的人，走的是一条追求媚俗的不归路。虽然谁谈起媚俗来，都是一副鄙夷的神情，但恰到好处的媚俗却是一种很难达到的境界。周杰伦年纪这么小，就媚得这么好，实在不容易。

2005 年 7 月

直把苍白当水晶

词人＝妖人？

若论华语歌坛的词人，在香港多年屹立不倒的是林夕，而在台湾风头正劲的是方文山。

林夕和方文山，走的都是华丽词风路线。其实，我觉得，一个更恰当的形容词应该是“绮靡”。在文学史上，“绮靡”用来形容六朝诗风。林夕、方文山的词也是这样，艳如六朝，多情如六朝。

他们喜欢在歌词中堆砌大量的华丽辞藻，点缀大量的华美意象，引用大量的玄妙典故，他们是词人中的“视觉系”。他们都有比较深厚的古典文学修养，又有对当下都市生活的敏锐体验，在他们眼前呈现的世界原本就是绮丽的、怪异的、奢靡的，如一幅怪里怪气的拼贴画，但他们自有办法用闪亮的玻璃珠子把这些串在一起。他们不文不白，既雅又俗，却善于用华美的袍子把自己的世俗气掩饰下去，从而让别人觉得他们很雅；他们不中不西，既土又洋，但他们用无边的拿来主义从各种资源中吸取灵感，搭起了繁复的“七宝楼台”，从而让别人觉得他们路子很野。

他们有时把句子写得不流畅，写得不那么明白如话。这一方面是有意为之，他们想通过对语法的小小颠覆，通过对语法的欧化改造或文言化改造，来凸显自己歌词中的“诗意”；另一方面又是不得已而为之，对于林夕来说，要使粤语这种古文含量很高的语言跟上现代流行歌的节奏，对于方文山来说，要跟上周杰伦那种“模糊+断声+喘气”的唱法，也只能是把词写得断断续续。

仔细比较一下，两个人由于生活年代和文化背景的不同，还是有着区别的。林夕生活在港产通俗影视剧勃兴的时代，所以更偏市井气一些，歌词中时而出现日常巷陌和市井生活的细节描写，以贴心的“冷暖自知”取胜，如那首粤语版《约定》：“还记得当天旅馆的门牌/还留住笑着离开的神态/当天整个城市那样轻快/沿路一起走半哩长街//还记得街灯照出一脸黄/还燃亮那份微温的便当/剪影的你轮廓太好看/凝住眼泪才敢细看”。而方文山则生活在21世纪的网游时代，所以更具魔幻色彩和遁世情结，歌词中充满了跳跃性极大的意识流和时空重叠，以超越日常体验的奇异诗意取胜，从《威廉古堡》到《娘子》，从《发如雪》到《夜曲》，都是这样。

他们的词确实有自己的风格，也确实有流行的实力，有人甚至这样高度评价方文山：“我们正处于一个想象力贫乏的时代，英语文化大规模入侵华人世界，许多小孩忘却了汉语之美，而方文山浓烈文字的横空出世，恰恰震撼了这个平庸时代的人们。”但我以为，他们的词恐怕还不是最好的。最好的词，应该字句明白如话，意蕴深邃如深渊——这，恐怕才是更高一级、更素朴而更有力的“汉语之美”。

比如罗大佑，他最出色的词有一种诗经般的简洁和力度，我所喜欢的是那首《爱的箴言》：我将真心付给了你/将悲伤留给我自己/我将青春付给了你/将岁月留给我自己/我将生命付给了你/将孤独留给我自己/我将春天付给了你/将冬天留给我自己……

比如梁弘志，他或许是华语歌坛最被低估的词人了，那首历久弥新的《恰似你的温柔》有石破天惊的开头：“某年某月的某一天，就像一张破碎的脸。”仅凭这一句，就足以跻身于诗人行列了。

还有不太出名的陈彼得和他那首令人难忘的《一条路》：一条路落叶无迹/走过我走过你/我想问你的足迹/山无言水无语……

然而，罗大佑老了，梁弘志死了，陈彼得颓了。词坛再也没有这样质朴的“红脸膛汉子”，再也写不出这样充满血色的句子了。词人们的脸越来越苍白，需要敷粉，需要进补各种药石，才能写出绮靡的句子，弹出眩目的玻璃珠。王菲有一首歌中唱的“把苍白当水晶”，正是词坛的写照。但我知道，还是有真正的水晶的，在真正的好词人的句子里——

我踩着不变的步伐/是为了配合你到来/在慌张迟疑的时候/请跟我来//我带着梦幻的期待/是无法按捺的情怀/在你不注意的时候/请跟我来//别说什么/那是你无法预知的世界/别说你不用说/你的眼睛已经告诉了我//当春雨飘呀飘的飘在/你滴也滴不完的发梢/戴着你的水晶珠链/请跟我来（梁弘志《请跟我来》）

这样的水晶珠链，真的不该被遗忘，真的应该在某年某月的某一天，重拾记忆，好好温习。

2006年8月

被严重低估的梁弘志

童话的翻过

现在打手机又多了一个好处，那就是可以知晓流行歌坛的动向。最近我拨几个爱赶时髦的朋友的电话，发现铃声给设置成光良的《童话》了。有时走在大街上，这首歌的旋律也会夹着热浪扑面而来。《童话》的构成是经典的两段式：先是深沉而略显缓慢的“酝酿”，然后是汹涌而畅快的“发作”，一浪高过一浪，唱到最后，竟仿佛有一种交响乐般的气势，真让人想不到这些声浪是从光良那瘦弱的胸腔里涌出来的。

光良一直是一个特别童话的歌手，他不张扬、不绯闻、不舞蹈、不 R&B，总是那么安安静静的，安静地生活在自己的童话世界里。从无印良品阶段的《掌心》，到单飞后的《第一次》，再到现在的《童话》，他总在抒写一种少年人的情怀，默守一种童话的境界。单纯的主人公，明净的世界，安宁的情绪，恒久的期待，理想化了的爱情，就是光良作品的几大要素。它们既不前卫，也不够酷，所以光良自比为唱片公司的“过气歌手”和“受虐儿”。但这个看似永远长不大的歌手身上有一种难得的坚忍，为了坚持自己的音乐理念，不惜与唱片公司闹翻，而《童话》的意外成功，给了他最好的回报。

另一个特别童话的歌手是以前的孟庭苇，人和歌都是。纯真的童话般女孩是人间的精灵，自然需要其他精灵来帮衬：雨是天上的精灵——冬雨、红雨、无声的雨、雨做的云，花是地上的精灵——蝴蝶花、木棉花、紫浣花、羞答答的玫瑰……这些都缠绕在她的歌曲里，构成了一个自足的童话世界。她耐心地守护着这一切，守护成她歌中所唱的“静静的生命慢慢的河”，不去沾染外界的一点尘埃。

如今，那个戴着蝴蝶花的小女孩已经远去了，那个划着月亮船的小女孩消失在地平线了，那个藏在白纱窗后面的小女孩彻底看不见了，孟庭苇的童话已经终结了。她许久不唱歌后匆匆复出了，但却难以回复当年的“纯真年代”；她结婚了，找着了一个十分理想的夫婿——从此王子和公主幸福地生活在一起，这是童话的经典结尾，但它本身却是最世俗的、最不童话的，甚至可以说，它是童话的终止符和掘墓人。

接下来要终结的恐怕就是光良的童话了。《童话》是一个顶峰，也是一个转折。“我会变成童话里你爱的那个天使/张开双手/变成翅膀守护你/你要相信/相信我们会像童话故事里/幸福和快乐是结局……”它挑得太明了，反而让人感到有一点“底气不足”；说得太破了，反而使人们对于童话的长久性产生了疑问。或许，光良在这张唱片大获成功之后，真的该考虑转型了。而他的转型，也将意味着华语歌坛很难再找到如此纯净的少男歌者了。

童话的一页，就此翻过。

2005 年 8 月

减去一天

周传雄

1991年我刚毕业，就被派到某所农村中学“支教”一年。对于支教这件事，领导是肯定的，群众是欢迎的，荣誉是很高的，但任务是很重的，伙食是很差的，回家是很难的。在那段近似知青生活的日子里，我听了大量来自港台的“靡靡之音”。其中有一位叫小刚的歌手，在小虎队、郭富城、林志颖等帅哥的夹击下并不显山露水；他当时的代表作《我也许是个笑话》《我终于学会》等等，表达的都是小人物面对爱情时的毫无把握和手足无措。而我从他的每首情歌里都听出了励志的意味，好像自己也终于学会了些什么。这话现在说起来连我都感到矫情，但那时真的觉得一切都刚刚好。

一年后我回到了城里，小刚也就随之从我的音乐生活中消失了。整整10

年过去了，一次我买了一张张洪量的 CD，还没来及听，CD 封套上的那段独白就让我一下子定住了：

"你知道我在等你吗?"——这句话已成了冰封在 17 岁那年的一个问号……然后 20 岁/25 岁……接下来的某一天解冻/再冰封/解冻/再冰封……30 岁的某一天下午/我坐在中央公园想起这首歌/看见有人在冰封的湖面上滑倒了

有时，人与往昔之间看似很遥远，其实只隔了一根电路的距离，而这段独白就是电路，它使我的记忆全线贯通。许多年前我追逐过的歌声刹那间全都涌了上来，有王杰、童安格、赵传、潘美辰、张清芳，当然也包括张洪量和小刚……

没事的时候想想老朋友，这是本分；使劲想的时候他能适时出现，这就是缘分。小刚就这样重新出现在歌坛，重新出现在我的视线之中。他不再叫小刚，而是恢复了爹妈给的名字——周传雄；不再是翩翩少年，而是蓄上了浓密的络腮胡子，仿佛再在我这样的老听众面前继续装嫩，会显得十分"见外"一样。如今他的歌声流露出淡淡的中年情怀，《黄昏》《忘记》《记事本》中有沧桑有无奈有坚守更有顺从。艾吕雅说："我的确无意成为成年人"，更不用说成为中年人了，可这事并不需要征求你我的意见。

很多我当年着迷的歌手复出的消息使我无比欣喜，但老实说，他们现在的歌声已无法让我感动，而且越是个人风格明显的歌手越是如此。比如王杰，比如潘美辰，比如姜育恒，他们那独特的风格曾经被自己和唱片商磨得像一把过于锋利的尖刀，一下子扎进了听众的内心深处，可是当这把刀再也扎不出血来，它就好像是划在玻璃上，发出的声音叫人生厌。永远别指望歌手能成功转型，风格就是重复，重复到最后听众简直想拿块豆腐撞死。平心而论，小刚的嗓音不算太有特色，甚至可以说平庸，却有着更长久的生命力。他追求的似乎不是一种短时间的震撼，而是细水长流般的渗透。能在我 20 岁和 30 岁这两个年龄段都能用歌声罩住我的歌手，实在是少之又少，小刚几乎是个特例了。

下面该说到许巍，一个在我的音乐生活中与小刚同样重要的歌手。第一次听他的歌是 1994 年的一个下雨天，在一辆出租车上。"我只有两天，我从没有把握/一天用来出生，一天用来死亡/我只有两天，我从没有把握/一天用来希望，一天用来绝望/我只有两天，每天都在幻想/一天用来想你，一天用来想我/我只有两天，我从没有把握/一天用来路过，另一天还是路过。"每一句歌词传来，都像是当头棒喝。我问司机这首歌叫什么名字，他说大概就叫两天吧。于是我们不再说话，默默地把这首歌听完。一种无以复加的绝望笼罩了小小的车厢，使得这辆雨中前进的出租车如同汪洋中的一条船，具有了存在主义的意味。我总是想从通俗歌曲中听出一点形而上学的意味——这么说大概同样也显得矫情——但《两天》这首歌确实使我联想到太多的东西，想到富兰克林笔下一天之内就能繁衍好几代的蜉蝣，想到传说中只有一天生命的蝴蝶，想到一生短于一瞬，而一日又长于百年，想到了那首伤感的德国小诗："人生只有两分半钟的时间，一分钟微笑，一分钟叹息，半分钟爱——因为在爱的半分钟间他死去了。"

接下来得知田震的《执著》也是许巍的词曲，我觉得他只要有这两首歌，就足以与崔健的一打歌曲相抗衡了。后来许巍也和小刚一样，突然从我的音乐生活中失踪了，也从大众的视野里消失了。差不多8年之后的2002年，失踪者许巍又站到了前台，带着他的新作——《一天》，并在年底卷走了一系列的奖项。

可我却始终没有能够接受《一天》。或许是《一天》中的暖色已经压倒了灰色，但没有了绝望也就没有了力量；或许是我无端地觉得对许巍应该比对小刚有更高的要求；或许是我不满意他从一个边缘青年变成了得奖专业户，被大众文化彻底招安；或许是我不喜欢许巍现在的说话方式，他竟然批评起本来可以不加理会的F4，变得跟爱唠叨的谭校长和崔大哥一样，其实他有怎么老吗？或许是我已经混进了中产阶级的队伍，日子过得一天比一天滑溜，却见不得别人和我一样俗……

作家谌容曾写过一部荒诞小说叫《减去十岁》，这显然是个笑话；哪怕是从"两天"到"一天"，减去一天，也无法做到。当时的心境无法复制，用再优美的文字复述也会显得蹩脚，正像张信哲歌中所唱："我们再也回不去了对不对？"

上海的教授朱学勤在《思想史上的失踪者》这篇极为煽情的文字中，回忆起那些在文革时期依然闪烁着思想火花的青年，曾经照亮了他的生命，而这些人如今不知流落何方。朱教授的心里面大概还是盼着一次大团圆的。然而还有比寻找初恋情人更愚蠢的事吗？最可能的结局是大家见面后会彼此失望起来。关于偷情，过去的人都说偷着不如偷不着；关于找人，也是找着不如找不着。

2003年7月

北京“滚爷”

北京是各种爷们汇聚的地方，从最底层的板爷到最著名的侃爷，几乎各行各业都能出一些自以为是但又多少有点本事的家伙。在我看来，北京还有一群专门从事摇滚的“滚爷”。可不是吗，国内那些搞摇滚的基本上都是北京人氏，而西安的郑钧和许巍要巴巴地跑到北京，才能修成正果。

北京为什么能催生出摇滚精神，我想主要是它“上能通天，下能接地”的缘故。所谓“通天”，是指北京贵为首都，资讯丰盛而快捷，玩音乐的人能第一时间接触到西方前卫的音乐理念，而摇滚向来是前卫中之最前卫者，这就为“模仿”提供了可能。所谓“接地”，是指北京有着最具中国特色的城市化底层生活，滚爷们又不是什么贵胄子弟，他们一开始总是生活在底层，甚至比底层还要再低那么一点点，而他们偏偏又挺把自己当人的，觉得既然搞了摇滚，就不必再装孙子，我得控诉，我得呐喊，我得批判，谁叫我是搞摇滚的呢。况且这一拨人正好赶上转型期的初始阶段，社会上动静挺大而且各种矛盾纷纷浮出水面，批判的姿态很容易就建立起来了。于是乎，西方的音乐形式也有了，这使他们看起来像个先锋；本土的内容也有了，这内容中包括了对于现实的反思和批判，这简直使他们看起来像个志士了。

再有，按照作家石康的说法，北京爷们要么“出人头地”，要么“胡混一气”。显然不是谁都能有出人头地的实力和运气，所以越胡混越堕落，越堕落就越迷幻，越迷幻就越摇滚，这样一种半波希米亚半酒神的生存状态也成为摇滚精神的一个源头。

曾经有一盘滚爷的歌曲拼盘叫《俺的摇滚》，我欣赏这个名字，更欣赏其中搂不住的自豪感；还有一盘更著名的合集叫《摇滚中国火》，名字也让人兴奋，更让人兴奋的是他们那敢于四处放火的劲头，一副天不怕地不怕的样子。但老实说，我不太喜欢里面的音乐。我这个人在听音乐上还算是“兼容并蓄”，但不知怎么的，只要一面对滚爷们的作品，也就失去了“平常心”，甚至感到我的思维和感觉正在进行痛苦的分裂。“思维着的我”以为，中国需要摇滚，滚爷的思想尖锐前卫，有着一般音乐人身上鲜见的大智大勇；而“感觉着的我”，却不太能体会到这种音乐的妙处，不喜欢他们的大多数作品，至少是不喜欢那些激烈、嘈杂、无序的摇滚。真的，他们嚎了那么久，喊得那么响，我记住的只是崔健的《花房姑娘》、郑钧的《灰姑娘》、张楚的《姐姐》、臧天朔的《朋友》，也就是说，在我的记忆里，我只留住了这些糙爷们的“抒情一刻”。

汪峰大步迈向“媚俗”？

基于这样的原因，滚爷们中我比较喜欢的是汪峰，不用你提醒，我也知道自己的品位是有点俗了。其实到了汪蜂（还有后期的许巍）这儿，中国的摇滚精神差不多玩完了。首先，滚爷们的生活境遇已经有了很大改变，除了那些不着四六的地下摇滚乐队外，滚爷们已经从底层们爬了出来，过上了有房有车的生活，甚至成为各大音乐颁奖典礼上的常胜将军，比如许巍——在商业社会，所有的一技之长都能成为敲门砖，就连号称最反叛的摇滚也不例外。其次，摇滚本身发生了质的变化：内容上更加世俗化，用新晋滚爷高旗的话来说，追求的是“生活化”而不是“深刻化”；形式上则吸纳了许多流行元素，更注重旋律而不是节奏。以汪峰为例，他骨子里就有着一种流行歌手特有的妥协性，这从他的两首应景作品——《我爱你中国》和奥运歌曲《我们的梦》可以看得出来，两首歌都是难写的主旋律，但他弄得还蛮动听，这说明他不仅善于取悦大众，而且善于取悦体制。与之类似的还有臧天朔为奥运写的《我们等到那一天》、高旗为欧洲杯所写的《豪门盛宴》，如果有一种相声类型我们可以称之为“歌颂性相声”，那么这类作品差不多就是“颂扬性摇滚”了。

就这样，以往的冷摇滚变成了温摇滚，硬摇滚变成了软摇滚，批判摇滚变成了励志摇滚，体制外摇滚变成了体制内摇滚……《一无所有》的决绝、《钟鼓楼》的犀利、《梦回唐朝》的迷乱、《两天》的绝望、《赤裸裸》的张狂统统消失了，滚爷们现在似乎都无比珍爱自己那“怒放的生命”，希冀自己绽放成一朵柔软妩媚的“蓝莲花”，从而能在排行榜上“飞得更高”……

“思维着的我”对这种变化趋势有点愤世嫉俗，但“感觉着的我”似乎正期待着这种变化，甚至喜欢上了温暖柔软的摇滚。听了20多年的摇滚，听到汪峰处我才发现，我需要的不是冰冷的利剑，而是温柔的一刀；我需要的不是一大口烈酒，而是一小碗心灵鸡汤。听汪峰的很多歌曲，我都会感到周身慢慢地温暖起来。或许，摇滚真的不必是浇顶的醍醐，不必是沉重思想的载体，也不必是寒冷彻骨的坚冰，而倒不妨是暗红的炉火，能让人取些暖就好。

可能从根子上说，像我这样受唐诗宋词、邓丽君小调、蔡琴校园民谣“毒害”的小知识分子听众，根本就不适合什么摇滚精神。如果你说是像我这样媚俗的听众葬送了“俺的摇滚”，我也无话可说，但还不至于无地自容。

2006年2月

有一种流行叫“流气”

如果只有一个刀郎和一个杨臣刚，如果只有《2001 年的第一场雪》和《老鼠爱大米》，我也就捏着鼻子不说话了；现在又出了《两只蝴蝶》《狼爱上羊》《一万个理由》《求佛》，看来得出来说几句了，谁让咱们一贯说的比唱的好听呢。

概括起来一句话，那就是在内地歌坛，“二流子美学”取得了胜利，传统的风花雪月正在节节败退。直到 2007 年，“二流子美学”才终于引起受众的反弹，这才有了诸如“十大网络恶俗歌曲”等批评声音的出现。

是的，这些歌曲的唱作人就是一群“二流子”。这绝不是说他们的生活状态，的确，他们大都没有很好的学历，没有体面的职业，他们在边疆流浪、在外省流浪、在网络上流浪，但我们对别人的生活状态也不宜说三道四。我觉得，艺术的标准是唯一的，所有的生活在艺术面前都是平等的，无论什么样的生活状态，你都要从中积淀出一种高于生活的美，你最好让听众忘记你的生活状态，更不能把这种并不主流的生活状态当作一种炫耀的资本。可结果我们听到了什么呢？恕我直言，我只听到了“流气”：毫无美感的歌词，死乞白赖的内容；粗鄙的意境，粗糙的情绪；顺口溜般的旋律，念经似的反复，完全不知节制、典雅、含蓄为何物。再加上二流子似的推广方式，电台、电视台、网络集体轰炸，缠住你不放，由不得你不听了。正如谎言重复一千遍就是真理，噪音重复一千遍就是旋律，说不定你最后还会觉得这些歌曲还挺动听。

想起了以前的雅雅的流行音乐，雅雅的音乐人。那是罗大佑时代和李宗盛时代。原谅我要先说一下出身，罗大夫是医学院的毕业生，而且绝对是剖开肚子也不拿红包的那种；也要原谅我要说一下个人气质，李老师像个数学教授，温柔敦厚极了。最后说点正经的，他们都是在古典诗词文学中浸泡了三次，又在西洋人文传统中浸泡了三次，最后在多种类型音乐中浸泡了三次，才开始写歌的。他们稳稳地扎在那里，内心不流气，作品也不流气。

我一贯以为，人的品位与其创作之间存在着一个“衰减”关系，即：在艺术领域，极雅极雅的人才能弄出一点雅物来，而很雅很雅的人才能搞出通俗的东西来，至于本身就很通俗的人，最好不要从事创作，因为他们只能弄出庸俗甚至更加等而下之的东西来了。

之所以对二流子音乐很失望，是因为我们对自己的生活有一种更好的判断，也有一种更高的期许。我们应该多一点精致的歌词，多一点精巧的旋律。难道我们周围的二流子越来越多了？非也，我觉得是像我这样的小知识分子越来越多了，可惜总是听不到令人满意的歌曲，莫非要我们去自己说也自己唱？

2007 年 4 月

超级女声 VS 超级歧途

李宗盛：我才算超级

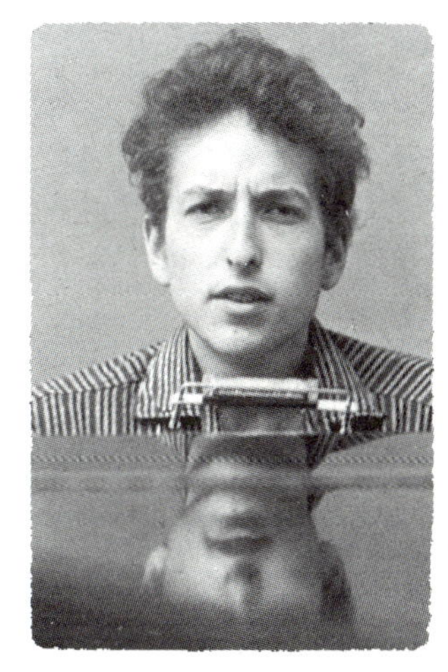

鲍勃·迪伦：自恋是有理由的

当然不会是超女的歧途——李宇春、周笔畅们显然已经通过比赛，走上了坦荡的星途；也不会是湖南卫视的歧途——据说他们已经从中赚到了一个亿，赢利之丰厚连自己也始料未及。我所谓的“歧途”，指的是内地歌坛的歧途，即通过超级女声营造出一种虚假繁荣的图景，满足于电视音乐节目的一时火爆，满足于歌唱技巧上的“奇巧淫技”，而忽视和掩盖了内地歌坛原创能力的平庸与贫弱。

在收看超级女声的现场直播时，我注意到，屏幕下方经常滚动着大兵主持的《谁是英雄》之“奇人大挑战”节目的预告，这在不经意间成为超级女声的最好注脚。以中国之大，人口之多，要找出若干能玩出绝活的人实在是太容易了。所以，大兵只要将令旗一挥，总会有身怀各种绝技的平头百姓云集响应，从“色子王”到“面王”再到“汉字笔画王”，无奇不有——这就是群众基础，这就是我们的杂技节目能在世界舞台上屡屡捧回大奖的群众基础。而超女们那高超而独特的声音，不也同样是一种绝技吗？当然，这种绝技比起杂耍来，显得要有品位、有文化一些，但终究不过是一种技术而已。

人们都说超级女声好看，也都说央视搞的青年歌手大奖赛不好看，并纷纷从体制、思路、主持人、评委等各方面找原因。其实我觉得原因并没有大家想象的那么复杂，最大的区别不过在于比赛的曲目：在超女比赛中，选唱的几乎全是港台地区和欧美的曲目；而在青年歌手大奖赛中，由于这样那样的限制，歌手似乎不愿或不屑或不敢选唱港台和欧美的曲目，所唱的都是一些流行程度较低的原创曲目。正是这一点导致青年大奖赛首先不好听，也就谈不上好看。相反，因为超女们选唱的歌曲原本就传唱度极高，所以更能带动粉丝们的强烈共鸣和疯狂响应，使这一节目越来越火。

从某个角度来说，超级女声不过是一场声势浩大的港台及欧美歌曲推广会。比如，周笔畅是陶喆、周杰伦“中国特色 R&B 唱法”的推广大使，张靓颖是欧美流行歌曲的推广大使。如果说她们的嗓音和个性魅力好到足以让专业歌星汗颜，那么她们在歌曲上的选择又足以让内地的歌曲原创者们汗颜。从中我们可以看出，内地流行音乐创作能力还差得很远，既不招超女更不招歌迷待见，原创流行音乐的春天还远未到来。

而这样的春天，在欧美是由披头士、鲍勃·迪伦、保罗·西蒙等点燃的，在港台地区是由罗大佑、李宗盛、许冠杰等点燃的。他们是一群外形既不帅、嗓音条件也并不算好的音乐人，但却具有丰富的艺术灵性和敏锐地捕捉流行的能力。而在内地歌坛，这样层次的原创音乐人在哪里呢？

超级的声音好找，艺术的灵魂难寻。好走的路，往往是歧途。

2005 年 8 月

曾轶可：一只写诗的小猫

本届“快乐女声”之所以还有可说之处，完全是因为出了一个曾轶可。包小柏老师以他“25 年专业经验”对曾轶可大加否定，而我则以从事文字工作将近 20 年的专业身份认定：曾轶可是一个诗人，是一个正在成长的 90 后诗人。

的确，小曾几乎没有唱功，但那些原创歌手罗大佑、李宗盛、张洪量，甚至包括鲍勃·迪伦，嗓子也都很蹩脚；小曾写的曲子千篇一律，都是那个调调儿，但自古以来，自我重复正是作曲家们的专利，连伟大如布鲁克纳者，都被乐评家刻薄地说成“一首交响乐重复写了九遍”。这些其实都无关紧要，小曾的歌词好就足够了，《最天使》《我还能孩子多久》《狮子座》《视觉系》《多余的流星》，已经俨然有诗的光采了。

“如果我有一种天灵盖被人拿掉的感觉，我知道那一定是诗。”这是伟大的女诗人狄金森对于好诗的定义。小曾的诗当然远远达不到这个程度，但我们至少感觉自己的头发在幽暗中被人揪住了，我们的若干毛孔也在炎炎夏日里异样地收缩起来。说句文艺腔，当小曾的诗句在屏幕下方滚动的时候，我们被一种力量定住了，在那几分钟内，我们失去了自己的时间，进入到一个有着独特个性和奇异逻辑的空间。

华语歌坛是有一些诗人的，各有各的特色。比如高晓松的校园民谣体，可称为“自恋的青春”；比如林夕的都市生活体，可称为“华丽的市井”。最近流行的是方文山及其“古典的繁复”，但有点过于云山雾罩了，而小曾是90后的干脆利落，好就好在直抒胸臆，直抵人心。

李健：大器晚成的“传奇”诗人

人们说小曾的嗓子是“绵羊音”，而在歌词之中，小曾就像是一只猫，既有着柔软的皮毛，时而暖心，又有着锋利的尖爪，时而扎人。这只猫一边蹑手蹑脚地快乐，一边又无边无际地忧郁；一边追求着冰晶般的透明，一边又把自己更严密地包裹起来；一边想踏入外面的世界，一边又流露出深深的怀疑；一边想尽快长大，一边又想停驻在自己的童话世界……

我看了不少关于小曾的网友评论，但大多数是批评之声。从某些苛刻的评论背后，我隐约地感到一种对于个性的不宽容，对于创造力的不宽容，对于诗歌和诗人的不宽容。“快女”固然是歌唱比赛，但也不应该弄成一个专门翻唱既有作品的超级模仿秀，更不应该弄成一个专门炫耀所谓“唱功”的杂耍大会，应该给原创留一定空间，给才华留一席之地。

或许，对于诗歌和诗人的不够尊重，原本就是我们这个时代的文化常态。在现今的文坛，通常是三流的小说享受着一流的名声和待遇，而一流的诗歌却似乎只配有三流的名声和待遇。德国汉学家顾彬对于中国当代文学几乎是全盘否定，唯独对一些诗歌作品给予了褒奖。这当然有其偏激之处，但也从侧面反映出世界主流文坛对于诗歌的一种特殊的尊重。在诺贝尔文学奖得主中，诗人一向占有相当的比重；而一个国家、一个民族的语言究竟能迸发出怎样的潜能，其操控权往往是掌握在那些看似写不了多少字的诗人手里的。

众所周知，现在的青少年越来越会写作了，而且一写就是大部头的长篇。有时候，我宁愿他们像以前的文学青年那样，从写诗开始自己的文学创作，从小养成磨砺语言的习惯和对于语言的敬畏，而不要在没心没肺的码字中丧失语感和敬畏之心，最终成为又一个文字垃圾的制造者。

扯这么远，还是为了说明一点：现在能出一个90后诗人曾轶可，实在是颇为难得的事。

虽然经受了巨大的争议和压力，但小曾毕竟已经通过“快女”比赛收获了名声，不会再像狄金森那样在籍籍无名中孤寂地度过一生了。我倒是希望她能暂时离开喧闹的歌坛，回复到一种寂寞而专注的创作状态，像一只猫不停地玩着自己的尾巴。正是在这种自娱自乐或曰自我折磨中，能催生出更加优秀的作品。

2009年7月

谁都不过是一块砖

2月12日，平克·弗洛伊德乐队的灵魂罗杰·沃特斯将在上海演出。这是继滚石、埃里克·克莱普顿之后，又一个摇滚巨匠跳出CD盒，真切地走到了中国听众面前。

平克·弗洛伊德是摇滚乐队中的交响诗人。听其他西方乐队的摇滚乐，我往往很难卒听，多半是因为不胜其噪的缘故。但平克·弗洛伊德不同，我总是不由自主地一气听完。他们的专辑当然也是分成若干首歌曲，但所有的歌曲仿佛都是一首歌曲，歌曲与歌曲之间咬合得非常紧，连次序都不容随便打乱。你只能老老实实地这么循序听下去，任何跳着听或选着听的行为都将损失巨大，因为你再也抓不住平克·弗洛伊德的魂魄，只剩下一地碎片，尽管那碎片依然悦耳，但平克·弗洛伊德精心营造的气场已经丧失了。

1973年3月推出的专辑《月亮的背面》是平克·弗洛伊德一张划时代的作品。整部专辑为6首歌曲加4首背景效果音乐，采用不停顿的方式连续演绎，给人一气呵成的感觉。后来的巅峰之作《墙》就更是如此，里面的所有歌曲组成了一部首尾连贯、气势磅礴的交响乐，每首歌曲都是其中的一个乐章，而《墙上的另一块砖》这首歌更是出现了三次，相当于交响乐中的华彩乐段，一而再，再而三，一步步地把整部乐曲推向高潮。

“墙”是平克·弗洛伊德关于世界的一个最重要的隐喻。说来也巧，乐队的二个创始人，原本恰好是在伦敦的同一所学校学习建筑，这或许促使他们从一种独特的视角来打量整个世界。在他们看来，人降生下来，就是要给社会培养成一块生硬的砖，然后不由分说地给砌到一堵僵死的墙上，至于这墙要砌多高、它究竟有什么用，没有人知道，甚至没有多少人去发问。像封建社会中做稳了奴隶一样，大家似乎做稳了砖之后就安心了，全然不顾那时候自己已经动弹不得，完全失去了独立和自由。但平克·弗洛伊德不同，他们要发出控诉和抗议，要用歌声突破人们的心墙。于是石破天惊的《墙》诞生了，成为那个时代愤怒青年的宣言书。

《墙》把矛头指向所有妄图把别人变成砖或者自己心安理得做着砖的人。专辑中的《墙上的另一块砖 I》，表达了对父权的挑战和对亲情的质疑：“爸爸飞到大洋的另一边去了/只留下了回忆/家庭影集里一张小小的快照/爸爸，你还给我留下了什么/爸爸，你到底为我留下了什么/一切的一切只不过是墙上的一块砖/一切的一切只不过是墙上的一块砖”

接下来的《墙上的另一块砖 II》则是对教育的反思和对体制的蔑视：“我们不需要教育/我们不需要思想控制/教室里没有黑暗的讥讽/老师，让孩子单独留下/嗨老师！让我们这些孩子单独留下/一切的一切只不过是墙上的一块砖/一切的一切只不过是墙上的一块砖”

最后的《墙上的另一块砖 III》充满了对外在于我的一切事物的怀疑和拒斥：“我不需要拥抱我的手臂/我不需要安慰我的药品/我看清了墙上写的什么/别以为我需要这一切/别以为我需要这一切/一切的一切只不过是墙上的一块砖/一切的一切只不过是墙上的一块砖”

可以说，控诉一次比一次惨烈，抗议一次比一次坚决。

那时候正逢西方历史上火红的六七十年代，那时候的反叛是真正的反叛，反叛一切，甚至反叛反叛。拿王小波形容美国左派的话来说，“历史会给他这样的人记上一笔，因为他们曾经挺身而出，反越战，反种族歧视，反对一切不公正。”

当然，王小波眼中的美国左派和英国愤青毕竟有所不同，如果说前者身上有一种文绉绉的迂腐，那么后者的每一个毛孔里都喷射着青春的迷狂。没有比“发条橙”和“猜火车”这两个意象，更能表征英国愤怒青年和文艺青年的了。他们像淘气而任性的孩子，喝醉了酒，把自己的头颅放在铁轨的枕木上，要猜一猜火车是否会来；但逃生的几率还不及俄罗斯轮盘赌，因为汽笛声总会响起，火车总是会来，曾经活蹦乱跳的“发条橙”被无情地碾碎了，流出了酸楚的汁液。

天才来到世界上，或许就是为了毁灭的，不是被别人毁灭，就是自我毁灭。越是那种叛逆色彩浓厚的天才，身上就更有一种定时炸弹般的自杀性，似乎不把才华甚至身躯挥霍掉，内心深处就永不得安宁。先是西德·巴雷特，这个被认为是奠定了平克·弗洛伊德风格的人，因为过量服用药物而精神崩溃，只好含恨退出。接着就轮到了罗杰·沃特斯，他毁于妄自尊大和离群索居。1970 年代后期，他成为乐队的核心，但慢慢地，其他三名成员对沃特斯的独断专行感到不满，终于因矛盾激化而宣告解散。正当乐队用歌声去撞击荒诞世界的荒谬之墙时，他们自己的这一堵团队之墙却崩塌了。

有人说罗杰·沃特斯太反叛了，以至于不愿成为任何一种形式的砖，不愿给砌到哪怕是自己亲手垒的墙上。但后来的事实却让人们对罗杰·沃特斯的清高产生了疑问。解散后没几年，想靠“平克·弗洛伊德”名号挣钱的那三名成员又想重组，而沃特斯也另找了一批人准备复出。曾经有一阵子，世界上有两个“平克·弗洛伊德”在开演唱会，弄得歌迷都闹不清究竟谁是正宗。最后，官司打到法院，法官判沃特斯败诉，他失去了“冠名权”。但由于沃特斯拥有乐队大多数歌曲的版权，而这些歌又大大有名，属于演唱会必唱曲目，到头来就出现了这样的情况：“平克·弗洛伊德”开演唱会时，必须向沃特斯申请演唱权，并且支付一笔演出费，沃特斯要不答应，对方就不能唱；反之，沃特斯要开演唱会，要唱其他成员的歌曲，也要经过许可，而且一分钱演出费也不能少。这听起来确实有点反讽意味。

这一帮以反叛著称的摇滚汉子，他们不怕体制，不怕父辈，不怕习俗，不怕政府，但商业利益和商业规则却足以让他们臣服。再看看后来红透英伦的罗比·威廉姆斯、辣妹，他们才不屑于去反叛，他们顶多是闹闹绯闻，上上八卦小报的头条。商业规则和明星制，其实是一堵更高深莫测的墙，虽然砌在上面成为了五彩斑斓的砖，但依然注定失去自由，无法动弹。

长大以后就成了一块砖，谁都不过是一块砖。罗杰·沃特斯和他的伙伴们就这样不知不觉地固化、僵化，因为丢掉了彼此之间的默契，他们甚至不能像以前那样相互支撑、相互声援，留给他们的，是无以复加的孤独……他们看不到彼此的脸，就像站在地球上，永远无法看到月亮的背面。

2007 年 1 月

天下何处不“排行”

第一次听《昨天》听的是张学友的翻唱，而且还是电视上播出的MTV，当时就愣住了，好像弗罗斯特所说的读到好诗的感觉：“读者在一首好诗撞击他心灵的一瞬间，便可断定他已受到了永恒的创伤——他永远都没法治愈那种创伤。”后来听披头士的原唱，才发现这首歌短得不像话，不到两分钟。披头士的歌就是这样，刚开头就煞了尾，涉及的也全是人生中最简单的悲喜，简洁如《诗经》。因为简洁，所以伟大。照理说，用伟大来形容流行音乐有些不般配，放在哪位歌星身上也受不住，会压弯他们媚俗的背。但对于披头士，除了伟大，再也找不到更适合的词了。

2000年11月，在美国两大音乐媒体滚石杂志和MTV电视台联合评选的“100首流行歌曲”中，《昨天》荣登榜首。评得实在太好了，就是它了，谁还好意思提别的吗?

可就有人好意思。整整三年后的2003年11月，英国权威音乐杂志《Q Magazine》评出了有史以来的“1001首最佳歌曲”，竟将冠军的称号给了U2的《One》。说得好听点这是标新立异，说得难听点就是成心捣乱。U2当然也不错，但摇滚歌曲的局限性毕竟太强，而真正伟大的歌曲应该让男女老少全听着舒坦，所以应该找那些永恒的调子，比如《昨天》《答案在风中飘》《雪绒花》（在我心目中，它们就是前三名了），而《One》的位置还是挪到五名之后吧。

排行榜之争，是“傲慢与偏见”之争，尤其是其中的美国标准对全球民意的征服和同化。这一是因为老美最喜欢炮制排行榜，二是他们嘴大嗓门也大，“墨索里尼，总是有理”。关于有史以来最伟大的男演员的评选搞过数起，胜出次数最多的是亨弗莱·鲍嘉，《卡萨布兰卡》的主演。此人外表冷峻，不露声色，不像个演员却浑身是戏。其实劳伦斯·奥立弗也不错，但他太书卷气太戏剧化了，也太漂亮了，不是老美喜欢的类型。至于女演员他们无论选谁，嘉宝、褒曼也好，两个赫本中的任何一个也好，我都没意见，因为我看女演员只注意容貌和气质，没顾上看演技了。

在最伟大的电影评选中，《公民凯恩》和《愤怒的公牛》都拿过第一。前者是“电影天才”奥逊·威尔斯自导自演的作品，我对这个有着一张孩子气胖脸的家伙实在没什么好感；后者是马丁·塞科西斯和罗伯特·德尼罗的联手奉献，我觉得将最伟大的电影给这样一部反映拳击运动员的作品，总有些滑稽。马丁·塞科西斯或许堪称最伟大的导演，如果非得选一部他的东西，《纯真年代》要顺眼得多啊。

U2 一向是媒体的宠儿

大概只要一沾上拳击运动（我称之为“打架的仪式化”），就会让老美激动不已。他们评出的 20 世纪最伟大的运动员，是拳击手阿里。为什么不是贝利或欧文斯呢？当然这几个人也有一个共同点，他们都是黑人——在运动方面，黑人确实是天之骄子。

文学界原本不是一个适合搞排行榜的地方，但近几年来，中国年度最佳小说、最佳散文、最佳杂文等评选正搞得不亦乐乎，受这股风气影响，我也搞上一回，而且要搞就搞世界范围的。我评出的“有史以来最伟大小说家”是契诃夫，同意的请举手，但估计不多，好在米兰·昆德拉给了我强有力的支持，他说自己“从未停止过热爱契诃夫”。为了还他这个人情，我决定一鼓作气，把“在世的最伟大小说家”的称号送给米兰·昆德拉。还有，肖斯塔科维奇也坚定地站在我这一边，他说：“我真正喜欢契诃夫，他是我喜爱的作家之一。不但他的小说和剧本，连他的笔记本和书信我也读之又读。”他接着说：“契诃大的　生是纯洁和朴实的典型——不是装样子的朴实，而是内在的朴实。”纯洁和朴实，难道不就是衡量伟大艺术的最重要的指标吗？

接着，该轮到“最伟大的作曲家”了。究竟是莫扎特还是贝多芬，如果票选，大概是一半对一半吧。

如果对我上述两项评选有意见，欢迎来跟我辩，因为排行榜越排越乱，而真理越辩越明。

2004 年 3 月

向谁脱帽

不可否认，朴树是一位相当有气质的歌手，但听他的歌，你要时刻做好“脱帽”的准备——“脱帽”的典故出自意大利作曲家罗西尼。罗西尼应邀出席另一位作曲家的新作发布会，演奏期间罗西尼不停地脱帽，别人问他何故，他说在这部新作中听到许多熟悉的段落，好像见了老朋友要忍不住打招呼——听朴树的歌也是这样，以前的《白桦林》让人忍不住要向前苏联的老朋友脱帽，后来的《Colourful Days》又让人忍不住要向六七十年代的美国朋友打招呼。尽管如此，朴树的歌还是动听的，这大概因为他一是善于找那些真正有气质的东西借鉴，二是善于从借鉴中翻出新意来。

这个世界“原创”蜂起，时尚杂陈，而且时尚自有其无比的传染性，能在一瞬间使层林尽染、万山红遍，如果没有像罗西尼那样锐利的耳朵，我们哪能闹得清究竟该给谁脱帽。比如前几年的流行句式“我与XX有个约会”，首创者是美国哲学大师桑塔亚纳，严格地说，是从他的一段轶事点化而来：桑塔亚纳选定四月的某天结束他在哈佛大学的教授生涯。当天在哈佛大礼堂讲最后一课时，一只美丽的知更鸟停在窗台上，不停地欢叫着，仿佛在说：“到时候了，到时候了！”桑老师出神地打量着小鸟。许久，他转向听众，轻轻地说：“对不起，诸位，失陪了，我与春天有个约会。”随即转身而去。于是这句话便流传开来，从“我与大海有个约会”、“我与一夜情有个约会”一直发展到“我与僵尸有个约会”，真是没完没了。

有时候大师的一部作品、一个金点子甚至一句响词儿，能供后面的人用上许多年，大家反复地用啊用，直到用恶心了为止。罗丹说：“生在你前面的大师，你要虔诚地爱他们。”能不爱吗，真要靠人家的灵感和原创“养活”呢。海明威写出《丧钟为谁而鸣》后，评论家们发现，一时间美国的流行小说全按这个路子来写了。果戈理的小说《外套》也是这样，对俄罗斯的批判现实主义小说产生了重大影响，所以后来高尔基说：“我们全都来自外套。”

像高尔基这样，算是有承认的勇气，是个实诚人。可惜有的人却偏偏想把一塘水搅浑，要学花木兰“雄兔腿扑朔，雌兔眼迷离，双兔傍地走，安能辨我是雌雄”，来一个“安能辨我非原创”，这就不好玩了。国内曾经有一本十分红火的杂志，“不小心”与另一本海外的著名刊物重了名，老老实实地承认自己借鉴过别人的思路不就结了，何必弄到打官司并且败诉呢？还有，现在北大和清华每年都要进行一次校际划船比赛，其实这是取自剑桥大学和牛津大学150年前的创意。设想一下，如果我们一点不吭气，再过若干年后，小年轻们说不定就会觉得这校际赛船是俺们自己的发明，或许还会拿去申请世界文化遗产，那时英国人肯定会感到比窦娥还冤。就像韩国人想把我们的端午节遗产给申请走，我们也感到冤一样——有这么欺负人的吗，就差给人扣绿帽子了。

没有“瑕疵”的人是可耻的

回到歌坛，眼下“有瑕疵”的人是越来越多了。“有瑕疵”是一个委婉用语，其发明者是花儿乐队。在被揭露抄袭之后，他们“发自内心”地承认自己的专辑中有瑕疵。其实，我以前蛮看好花儿，他们身上有一种没心没肺的童真，而这种孩童心态，你能在伟大的披头士身上看到，应该是做音乐的好禀赋。花儿也的确能写出像《黄色潜水艇》这样秀逗的作品。也不知是听太多弄混了（音符这东西本来就跟无数小蝌蚪差不多，本来就容易弄混嘛），还是太急功近利了，愣把别人拿来当自个儿的了。随后，吉祥三宝、胡彦斌甚至奥运主题歌《我和你》都身陷抄袭传闻，但很快也都没了下文，风光者照样风光。

环顾世界，连老外也没那么严谨了。大名鼎鼎的酷玩乐队，2008 年就爆出抄袭门丑闻，但并不妨碍他们在年末的英美各大音乐颁奖典礼上收获提名一箩筐。正是因为有这些宽容的业内人士和看客，音乐人的拿来主义是越来越膨胀了。以后你没有瑕疵，还真不好意思跟人打招呼。万一有不识相者想说三道四，你可以说：这只不过是犯了一个音乐人都会犯的错误（成龙大哥对此句亦有贡献）。

2009 年 2 月

收音机里的小人

美国大导演伍迪·艾伦为了形容自己曾经的女友黛安·基顿幼稚，揶揄道：“她信上帝，就好像她坚信收音机里有一群小人。”

其实，这又算什么呢？我们都这样幼稚过，我们不仅相信收音机里有小人在说话，我们还相信书本里、壁橱里、天花板上都藏着小人，它们出现在现实与梦境交汇的地方，耐心地跟人类捉着迷藏。当然，长大后我们不再信了，只有那些心灵丰富的作家还保留着童年时的想象，并把这想象转化为美妙的文字，于是我们看到了福尔摩斯探案中的“十个印第安小人”，看到了英国童话作家诺顿笔下的“地板下的小人”，还有吕克·贝松最新影片里的“迷你墨人”。

说起来，还是收音机里的“小人”最有趣，最与人相亲。记得小时候听刘兰芳的评书《岳飞传》，真是迷得不行。有一段时间家里的收音机坏了，我只好每天中午吃过午饭后，赶到一位姓江的同学家去收听。我记得他家住在城乡结合部，路上要爬过一道不矮的墙，还极有可能遭遇几条狗，但这些都浑不怕了。

卡彭特兄妹

比评书更令人着迷的还是音乐，年纪越大就越懂得音乐的好。后来，每当听到卡彭特的《昨日重来》，我就会想起自己年少时支着脑袋，伏在收音机旁边的情景。这就是那几代人围着收音机成长的童年。我们追逐着“教唱歌”节目，并在小纸片上把歌词工工整整地抄下来，这样的“歌片”还会在同学间流传；我们追逐着通常有半个小时时长的“听众点播”，那是流光溢彩的丰盛自助餐；我们更追逐长达几个小时的“新春大联播”，那是前春晚时代的精神年夜饭……

听收音机和听 CD 最大的不同，是前者总处在期待的兴奋之中，你永远不知道这一首歌的下一首是什么，紧跟着出场的究竟是哪一个神奇的“小人”，所以我至今认为收音机是最有神秘感的家用电器；而听 CD 则是按部就班的，你确切地知道每一首的位置，于是你变得不再有耐心，你多半会跳着听，例行公事般地得到娱乐后了事。

至于听收音机和看 MTV 之间的区别，更不用我多说了，看 MTV 不仅让人越来越被动，越来越偏离音乐的真谛，而且取消了那最后一点残存的神秘感，所有的“小人”见光后都人间蒸发了。

其实伍迪·艾伦比黛安·基顿更迷恋那种幼稚的感觉，也更怀旧，1987 年他拍摄了影片《那个时代》（Radio Days），缅怀那个逝去的收音机时代。影片的背景是二次世界大战的美国：一群小孩在海滨玩耍时，无意中发现迷失航线的德国潜水艇。男孩的风骚姐姐和男友驾车出游，当他们在车内打得火热时，忽闻收音机广播外星人来袭，吓得惊惶逃跑。小偷在行窃时意外接到猜谜电话，糊里糊涂地为受害者带来一笔意外之财……这些事件都在收音机播放的老摇滚乐中度过的。伍迪·艾伦领着观众进入一个鲜亮的昔日岁月，无比有趣而又无比温馨。

然而，昨日不可重来。1981 年，MTV 频道正式在美国开播，开播后播放的第一首歌就是来自英国的巴苟斯乐队演唱的《录像杀死广播明星》。把它作为 MTV 开播曲再合适不过了，它意味着一个全新时代的到来。那些从前抱着收音机听音乐的孩子们，从此扔掉了收音机，被死死地钉在电视机前，享受一天 24 小时带给他们的音乐视觉轰炸。不知道 MTV 主事者在播放这首歌时，心中有没有一点狂欢之前的伤感或无可奈何花落去的怅惘呢？

我是把它当作一首挽歌来听的，挽歌唱罢，光天化日下的无边娱乐正式上演。

2006 年 9 月

鲜花曾告诉我你曾经走穴

《同一首歌》已经成为了一种独特的文化现象。起初当名不见经传的孟欣刚开始张罗《同一首歌》时，或许没有料到它会变得如此红火，以至抢占了亿万观众的眼球，更没有料到它会成为一种文化现象，以至消耗了评论者太多的口舌。

让费翔、潘安邦、千百惠等老歌星“复活”，是《同一首歌》的一大魅力

《同一首歌》之所以能走红，最重要的原因是它能够抚慰我们这个时代的“怀旧病”。它就像一口盛满各种怀旧资源的深井，各个年龄段、各个阶层的人都能从中分得一杯羹。五六十年代的老一代大学生可以找到《莫斯科郊外的晚上》这样的抒情旋律和《我为祖国献石油》这样的建设歌曲，上山下乡一代可以找到《太阳最红，毛主席最亲》这样的忠字歌和《小芳》这样的追忆歌曲，文革后的第一代大学生可以找到《年轻的朋友来相会》这样的励志歌曲和《外婆的澎湖湾》这样的校园歌曲，60 年代生人可以找到邓丽君和罗大佑，70 年代生人则可以找到小虎队和四大天王……

这个时代的怀旧情绪如此普遍，是有着深刻的社会和历史原因的。我们的社会正处于转型期和巨变期，普通人的生活形态发生了巨大的变化，大到我们不敢想象，“不是我不明白，这世界变化快”。可能正是因为生活形态的落差太大，每个人的今天与昨天相比都有太多的不同，回忆才变得如此频繁也如此重要。许多过去生活中的老物件，许多过去生活中的纯朴情愫，都在时代的急流中被冲走了，就像消失了的小巷和巷口消失了的老树。正当你感到失落、惋惜、迷惘时，“同一首歌”飘了过去，那么就把自己的灵魂暂时托付给它吧。

转型期和巨变期过后，将迎来一个比较漫长、比较平静的社会发展期，原有的怀旧资源将一点点地蒸发掉。那时候的“新新人类”和“新新新人类”生下来社会就是这个样子，过了若干年社会还是这个样子，那时候怀旧的人将是可耻的，那时候《同一首歌》或许真的走到了穷途末路。

另一方面，对于歌手而言，《同一首歌》则是大家伙儿趋之若鹜的“同一条船”。内地的原创音乐活动已经热热闹闹地搞了好多年，但和其他领域一样，也存在着太多的泡沫，至今也没能产生一个真正意义上的巨星，一个牛气到能拿下个唱的巨星。这就像马拉多纳之后罗纳尔多之前的足坛，属于缺乏巨星的时代，甚至要几位球星加在一起，才能达到巨星的高度：荷兰三剑客——古利特、巴斯滕、里杰卡尔德，德国三驾马车——马特乌斯、克林斯曼、布雷默，巴西梦幻组合——罗马里奥、贝贝托，他们要作为一个整体才能发挥出巨星的威力。同样，内地的歌坛也处于前巨星时代，大家还缺乏单打独奏的能力。既然大伙的实力还开不了个唱，那么跟着中央电视台、跟着《同一首歌》走一回穴，就是内地歌星上佳的选择了。与以前那种草莽状态的走穴相比，这种走穴方式要高雅得多，轻松得多，冠冕堂皇得多，而且能“多快好省”地挣来金钱和名气。不好意思，如果“山寨”一下《同一首歌》的主题歌词，就应该是：“鲜花告诉我你曾经走穴，大地知道你钱包的每一个角落”。

对于港台歌星来说，情况稍微有些不同。应该说，他们中的顶尖人物是具备开个唱的实力的。然而，近一两年以来，内地少数几个大都市的演出市场并不十分景气，即使是超一流选手，其个唱的票房也并不总是旱涝保收。况且开一次个唱下来，除了要投入大量的财力、物力外，除了要承担相当大的市场风险外，还要耗费歌星本人太多的心力。但是，为了长期保持在内地的人气，保持在内地的市场份额，又必须时不时地露一回脸，于是，跟着《同一首歌》跑一回单帮也成了他们明智的选择。尤其当《同一首歌》的名气越来越大，几乎能与春节联欢晚会分庭抗礼时，它对于以往还颇有些“拽”的港台歌星就拥有了极大的感召力，与其说是感召力，还不如说是威慑力——请你来，你还敢不给面子？

《中华情》和《欢乐中国行》走的依然是“文化堂会”模式

的确，在今天的中国，由于央视的垄断地位和文化权力，也只有央视有那么大的面子，能将那么多两岸三地的歌星一网打尽。而这反过来，又成了它的一个卖点，成了它进行“文化寻租”的最大资本。我们经常可以看到《同一首歌》剧组走南闯北，在一些相对比较偏远、文化不太发达的中小城市引起了强烈的轰动效应，当然也取得了不俗的市场业绩。这个时候，《同一首歌》的主打功能就发生了变化，怀旧功能就让位于扶贫功能。还有一种有中国特色的情况就是：当一个城市、某一个企业甚至某一个学校举办某一项庆典时，也会想到借文化造势，想到请《同一首歌》去唱一唱堂会，由此《同一首歌》也具有了它的第三项功能——堂会功能。这不由让人们联想起旧时代的“戏曲堂会”，还是祖宗的老办法好！

除了怀旧功能和扶贫功能、堂会功能外，《同一首歌》还具有另外两大功能——教化功能和畅情功能。这两大功能所发挥的作用是具有正面意义的，特别是当遭遇自然灾害、遭遇非典时，就需要来一场晚会来凝聚人心，或者当走进台湾、走进港澳时，也需要通过歌声来进行“血浓于水”的倾诉。那时的《同一首歌》现场，的确能让人感受到同呼吸、共命运的浓厚氛围，让人体会到我们民族特有的民族精神和文化传统的力量。

其实，《同一首歌》这个名称本身就具有很强的传统意味，触到了我们文化深处的根，因此得到了主流媒体和大众舆论的肯定。但从另一个角度来说，《同一首歌》又带有某种“大一统”的色彩，同唱一首歌，同听一首歌，许多时候确实能够娱乐大众、加强沟通、鼓舞人心，可不免也让人感到，我们的文化资源还是比较短缺的，我们的文化选择还不够多元。

《同一首歌》现在一个经常引起争议的地方，是它缺乏透明的歌手选拔机制，导致一批“三无歌手”的出现，在一定程度上影响了其声誉。有的歌星或者水准十分平庸，缺乏起码的人望，或者已经彻底过气，缺乏起码的人缘，或者个人道德上有瑕疵，缺乏起码的人品，可一些这样的“三无歌手”却是《同一首歌》的常客，个别的还成了专业户，搞起了终身制，上了船就不下来。观众有理由对这种类似于“文化腐败”的现象提出质疑。因为观众也同样从“大一统”的观念出发，把《同一首歌》看成是一种公共资源和公共产品，因此也就要求它做到公正、公开。这也表明观众心目中还是认可和爱护《同一首歌》这一品牌的，他们希望同一首歌成为载着观众驶向艺术殿堂和心灵深处的航船，而不愿意看到《同一首歌》成为“三无歌手”的同一条船，越走路越狭窄……

2004 年 8 月

背景音乐与校园歌曲

一

读书有“上三”：马上、枕上、厕上；听音乐也有三个非常地点：床上、车上、商店餐馆里。若有若无而又挥之不去，漫不经心而又心有所系，恐怕更能听出味道，都能归入背景音乐一类吧。

我读大学那会儿，校园大广播里放得比较多的是张蔷的歌曲。那声音现在听起来“油腻得像奶油蛋糕”，但记得当时年纪小，记得当时胃口好，张蔷的歌带给我们无限甜蜜蜜的感觉，特别是吃饭时听，简直等于蜜糖拌饭。而早晨在床上刚睁开眼，往往又会听到王杰的“是否我真的一无所有”，于是大家在凄厉的歌声中叹一口气，起床拎着饭缸去打稀饭。

如今我就住在一所大学附近，该校仍然和其他所有高校一样，爱放背景音乐。不仅声音太吵，而且那些过于挑逗的歌词和过于抽搐的节奏，对于我这个中年人的身心健康不是太有利。但考虑到大学生们的文娱生活实在太贫乏，我也就原谅他们了。况且，前一阵子闹非典，该校猛放阿杜的《坚持到底》，也让我好好喝了一回心灵鸡汤。

所以说，背景音乐一定要用对场合。据说北京收垃圾的车子放的全是《十五的月亮》，就不太切题，难道是“十五的月亮，照在胡同，照在垃圾箱”，难道是“卖废品换来的钱，有你的一半也有我的一半”？还有，我们开大小会议时，好像总是只有一首曲子，即《运动员进行曲》。有时参加会议的都是有身份的学究，准备平心静气地多讨论些问题，多谈论些主义，开场时给这《运动员进行曲》一鼓动，心里面忍不住要往起跑线上冲，不免有失体统。我和我老婆常逛本地的一家大商场，晚上八点半钟之后，该商场准会放肯尼·金的《回家》，音乐悲凉，而站了一天的营业员小姐的脸似乎更悲凉，像是在提醒我们：“不早啦，快回去洗洗睡吧。”我俩哪还有什么购物欲望，赶紧捂紧钱包，乘着音乐的翅膀回家了。

台湾诗人余光中把这种被动听的背景音乐称为“二手曲”，仿佛被动吸的“二手烟”那么可恶。他还举了学者夏志清的例子：一次夏志清和某作家在列车上谈天，嫌音乐扰人，请列车员小姐调低，小姐未加理会。夏志清受不了，就地朝她一跪，再度恳求。音乐终于调低，两位作家欣然重拾话题，但是不久嘈杂的音乐声再起，夏志清对同伴说：“这次轮到你去跪了。”比夏志清更极端的例子出现在《东京性丑闻》这部日本影片里：一位乘客嫌公交车上不是大播乘客文明守则，就是大放流行音乐，忍无可忍之下，竟然绑架了一辆公交大巴，并拿着喇叭喊话说：就是这些文明守则和背景音乐使日本人越来越弱智了。

余光中、夏志清以及那位日本先生大概都没怎么坐过内地的火车和公交车，否则他们就会觉得与其看那一张比一张着急的脸，闻那一阵比一阵出位的气味，还不如用时代曲来吵吵耳朵。

二

正因为学会了那么一首歌，整个小学阶段漫长而无聊的音乐课才变得有了意义。它就是《让我们荡起双桨》。2000 年我去北京，特地一个人跑到北海公园看白塔，那天风极大，公园里人极少，我想起了自己的红小兵时代和少先队员时代。想划船，儿时的伙伴却不在身旁——校园歌曲中的人称总是“我们”这样的复数，一个“我”如何荡起双桨？又一阵大风吹来，湖面上白塔的倒影皱了起来，所有的记忆也都皱在那里了。

《五月的鲜花》经乐评家李皖的渲染，已经成为 60 年代中后期生人的精神图腾。我是在上初中时学唱这首歌的，以前从来没有唱过这么悲壮的歌曲。唱的时候，眼前总是浮现出一位白衣黑裙的女大学生形象，是林道静吧；再想得远一点，则是《青年近卫军》中的柳芭，一身草绿色的列宁装。血染的鲜花，烈火中的青春，中外皆然。

接下来是轻快的 80 年代，一切都在王洁实谢莉斯的歌声里飘了起来。“沿着校园熟悉的小路/清晨来到树下读书/初升的太阳照在脸上/也照着身旁这棵小树……”歌中的“我们”似乎是一对恋人，但即便是搞对象，那也是在共同的革命读书事业中结下的情谊。

罗大佑的《童年》迟到了，从高中生的嘴里唱出来总有些滑稽；但《光阴的故事》算是赶上了趟，大学毕业前就着啤酒足足唱了两个月，也不管那鬼哭狼嚎是否对得住“春天的花开秋天的风以及冬天的落阳”。毕业后听到黄凯芹的《青葱岁月》，还有杨庆煌的《菁菁校园》，歌都不算有特色，只是觉得这两个词实在组得好，它们很快就进入了流行语汇。其时我刚刚分到一所中学当老师，于是就看到这两个词出现在学生的作文本上。

再后来听到《以吻封缄》，算是美国的校园歌曲吧。这首歌唤回了那些个夏天，为什么告别总是在夏天？好在我已经离开了教师岗位，此生彻底离开校园，再也看不到那些年轻的人儿、那些告别的场面了。

有一天在唱 K，一美女作家点了何炅的《栀子花开》，唱到结尾“栀子花开啊开栀子花开啊开/是淡淡的青春纯纯的爱”时，几乎所有的中年汉子都跟着和唱起来，黑暗中看不清各自的表情。唱完后大家各自打车回家，告别时的声音似乎有一点大，乘着歌声的翅膀离去，到各自的水泥森林里去闻栀子花香……

2005 年 7 月

儿童画

仅有 showman 是不够的

他出场时面带微笑，充分意识到自己的优越。

第一个和弦，嗡……朝后一望，好像在说：注意，我开始弹啦。

双目紧闭，像是只为自己弹琴，琴键欢唱。

像圣徒在与鸟雀交谈——他的脸上充满圣洁的光辉。

哈姆雷特的忧郁，浮士德的挣扎，深沉的寂静，喁语成叹息。

肖邦、乔治桑的回忆，恬美的青年时代，月光、爱情和芳香。

但丁的炼狱，受罚者的哀号——包括钢琴。激昂慷慨，风暴关闭地狱之门——嘣！

他弹完了。不仅为我们弹，也和我们一起弹。鞠躬如也，高贵的谦逊，震耳欲聋的掌声，万岁！

这是19世纪的匈牙利报纸所描绘的一场钢琴演出，比三高演唱会更酷，甚至比摇滚乐表演更酷！这个“他”，就是李斯特，当时音乐界最伟大的

showman。

俄国著名的音乐批评家斯塔索夫，在回忆录里提到李斯特挂满勋章，跳上台去表演，照例把白手套往琴底扔。斯塔索夫不喜欢他这种秀过头的做派，但听完他在莫斯科的演奏，仍然和同去的朋友一样，“激动得像个疯子……因为这辈子从未见过这样有魅力的表演，从未听到过如此热情、辉煌的演奏……我们发誓，1842 年 4 月 8 日对我们永远是神圣的一天，至死不渝”。

然而，这位伟大的 showman 很快就自我“放弃”了——1847 年 9 月，开完最后一场收费的演奏会，李斯特宣布永远退出舞台；那一年，他还未满 36 岁。

这是因为李斯特对那些炫耀琴技的乐曲厌倦了，例如那首非弹不可的《半音阶加洛普舞曲》，他弹过不下一千次，到了后来，真是每弹一次，就加倍憎恨一次。更重要的是，李斯特找到了能使自己永恒的另一种方式。他拿自己与肖邦比较，“若使当时身便死”，肖邦在音乐史上仍然可以流芳百世，而他虽然在乐坛红得发紫，但其实不过是个卖艺者。李斯特越来越意识到，钢琴艺术的最高成就，不是成为另一个帕格尼尼，而是成为像肖邦那样的钢琴作曲家。

告别了秀场，李斯特的收入一落千丈，还不到以前的十分之一。但他各种体裁的作品却喷涌而出，到 74 岁逝世的时候，他的作品多达千部，其创作对现代配器及和声的发展都产生了深远影响。如果没有李斯特果敢的“放弃”，从个人意义上说，就不会完成从伟大的 showman 到伟大的“骚人”的转型；从公众意义上说，后世的听众将错失多少美妙的原创乐曲！

秀是一种外表的绚丽，而骚是一种内心的激越。骚比秀更具有创造力，更接近永恒，因此更长久，更能深植人心。

我们再来看一看另一位伟大的骚人——布鲁克纳。他身材短小、衣着土气、行为乖僻，完全没有李斯特那样俊朗的外形和华美的风度，属于“闷骚”型。布鲁克纳从 17 岁开始半工半读，一路当过司琴助理、教师助理、文书，似乎都不是什么闪光的职业。31 岁时才成为维也纳音乐学院的函授生，一学就是六年，37 岁时又开始学配器……学习每告一段落，他一定参加考试，或者要求导师发给证书。

就是这个简直有点迂的布鲁克纳，表面上总在像窝囊的学童似地不断考级，暗地里却把自己的心灵磨炼得无比丰盈与厚重，于是开始引领起了属于自己的风骚。瓦格纳说，在思想上，布鲁克纳是唯一能接近贝多芬的作曲家。

秀，这个中国人以前还相当陌生并有些抵触的字眼，如今已经成为当下社会最大的“响词儿”之一。以中国之大，随着某些束缚和禁忌的解除，肯定会有一批接一批的 showman 涌现出来。在优雅型的李云迪以“中国肖邦”的名号秀出来之后，我就知道会出现比他更洒脱的 showman；果然不久就有了郎朗，激情四溢，比西方人还西方人；再不久又有了比郎朗更火爆更狂放的李传韵，一场演出三断琴弦……

放眼望去，从超级女声、梦想中国，到我型我秀、加油好男儿，各类选秀活动构成进行批量生产的流水线，一时间，各色 showman 多如过江之鲫。我甚至发现，连出现在电视屏幕上的普通百姓也变得敢说和会说了，真的，连上小学的孩子面对镜头都毫不怯场，说起话来一套一套的，或者无比“政治正确”，或者无比“莺歌燕语”。

这场全民秀运动，张扬了我们的个性，刷新了我们的表情，但究竟能在多大程度上带来精神层面的改变呢？我忍不住要打上一个问号。因为，精神层面上的深刻变化和真正进步，往往是由那些伟大的骚人推动的。

如今，我们的本土 showman 当中，绝大多数还远远谈不上伟大，他们精神世界的苍白和原创能力的贫弱一望而知，因此不提也罢。但不可否认，毕竟有少数 showman 正在走向伟大，中国人或许真能将钢琴弹到最精，将小提琴拉到最炫，将高音飙到最 high，但艺术难道只是一种技艺或一场秀吗，真正有世界影响力的殿堂级作品何时才能问世呢？感觉正好的他们，懂得“放弃”这两个字的含义吗？

这就是“秀”与“骚”的纠结。对于艺人来说，是必须作出取舍的难题；对于广大受众来说，在自己的眼睛被伟大的 showman 愉悦并报以鲜花和掌声的同时，内心深处应当把那些伟大的骚人抬举得更高——他们也许正处在镁光灯始终照不到的寂寞角落。

2006 年 8 月

再见，《国际歌》

2008 年 7 月 13 日晚，央视《同一首歌》播出了刘欢、莫华伦、廖昌永三个人的“震撼音乐会”。显然是想模仿人家的“三高音乐会”，只是艺术的表现力不够，身体的总吨位也不够。但客观说来，有部分曲目还是聊可 听的，比如《月亮代表我的心》《在银色的月光下》《你是这样的人》这类具有中国特色的歌曲。

在企划宣传和现场演出时，刘欢的名字都是排在第一位的，可能是看重他对于大众的影响力。他的自我定位也比较“狡猾”，简直有点像那只蝙蝠，那只 会儿是鸟类，一会儿又是兽类的蝙蝠——在通俗歌手当中，他的嗓子是最好的；在美声歌手当中，他又是最有观众缘的。但在“震撼”当晚现场，真要挑战《今夜无人入睡》等难度极高的美声经典时，他又是“露怯”最多的一个：要么唱不上去；要么勉强唱上去了，但挤出的声音像纸片般单薄。相比之下，莫华伦、廖昌永二人的嗓音至少有了棉布一样的质感（再往上走，就是大胖子帕瓦罗蒂、多明戈的境界了，像华美的织锦，既有超强的韧度又闪烁着迷人的光泽）。每当刘欢唱不上去或者挤得那么费劲时，莫华伦和廖昌永都有点异样地看着他——那目光，到底是鼓励，还是怜悯？

演唱会最富戏剧性的一幕出现在最后时刻，也就是第二首返场歌的时候，有点出人意料地选唱了《国际歌》。刘欢他们仨，在台上不断地发动着“互动”攻势，想要造成一种万众起立、同声合唱的效果。但却未能如愿，台下的大多数人还是端坐着，小声地和唱着，嘴巴张得有点微弱和被动。只有少数人站了起来，表情比较主动和激昂，但看看周围人按兵不动，可能又感到不好意思，一些站着的人又悄悄地坐了下来。

这倒是与中国人的羞涩性格关系不大，而是这首歌的内容不合时宜了。因为我们都是有产者了，坐在台下听的观众们是，站在台上唱的艺术家们更是。歌中的“无产者”说的是谁呢？“我们”又是谁呢？现如今，谁又能说“我们一无所有”呢？

举行演唱会的地点是人民大会堂，巧得很，几个月前就在这个地方通过了《物权法》，对“私有财产”要依法地严加保护了。

如果我在现场，会不会站起来呢？恐怕也不会吧。虽然我只是一个“薄产者”，但也感到，这首歌似乎已经不属于我了。

所以，像西班牙国歌那样没有歌词，也未必不是一件好事。

小时候，我自然也学唱过《国际歌》，当时觉得“英特纳雄耐尔”是一个很古怪的词。大学毕业之后，听到过唐朝乐队翻唱的《国际歌》，收录在群星的《红色摇滚》合集里。但有好事者发现，该翻唱不知是有意还是无意，把最后一节“是谁创造了人类世界？是我们劳动群众。一切归劳动者所有，哪能容得寄生虫！”的内容掐掉了。值得一提的是，《国际歌》在1923年最初翻译过来时，内容上就遭到了“阉割”，对比一下法文版，就会发现中文版很“缩略”，像“国王用谎言来骗我们，我们要联合向暴君开战。让战士们在军队里罢工，停止镇压离开暴力机器，如果他们坚持护卫暴君，让我们英勇牺牲，他们将会知道我们的子弹，会射向自己国家的将军”之类比较写实的段落，统统不翼而飞了。

据说，中文版译自俄文版，而老大哥的那个版本本身就是个缩略版。

唐朝的翻唱十分引人注目，以至于形成一种风气：国内许多摇滚乐队开演唱会都喜欢唱这首歌，而且还特别喜欢放在返场的最后时刻唱。起初的确有着震撼人心的巨大力量，但随着时间的推移，这首歌就越来越显得游离，最后终于显得滑稽——时间是它的最大敌人。就这样，《国际歌》慢慢地从它的语词外壳里蜕化出来，先是成为摇滚歌手们炫耀雄性力量的工具，继而成为单纯炫耀歌唱技巧的工具了。

让我们回到历史。《国际歌》是巴黎公社战士、诗人鲍狄埃于公社失败后的第二天写的，但这首诗整整经过16个年头，才出现在由朋友集资出版的鲍狄埃的《革命诗歌集》中。又过了一个年头，有人将这本诗集给了工人作曲家狄盖特，劝他在里面找些歌词来作曲。狄盖特翻开诗集，立即被其中的《国际歌》吸引住了。歌词激励着他，他以满腔的激情，一夜不眠，谱成了那首气壮山河的曲子。第二天晚上，他在一个酒馆里试唱。1888年6月23日，他在卖报人的庆祝会上正式演出，获得极大的成功。接着以狄·盖特假名出版，印了6000份。《国际歌》出版不久，就遭到统治阶级的迫害，发行人因为这首歌被判刑。狄盖特一生清苦，1932年9月26日病逝。但是，不管统治阶级怎样禁止和迫害，这首歌还是以它强大的生命力响遍全世界。

平心而论，《国际歌》是少数几首能让人真正热血沸腾的歌曲，这样的歌曲整个音乐史上其实并不多见，再往前数，就是《欢乐颂》了。我建议，以后“曲终奏雅”时，就唱《欢乐颂》吧，那词挺高贵，也挺和谐的。

2009年1月

从奥运主题歌说起

对于即将召开的北京奥运会，我最担心的反倒是歌曲。你看，我们的“鸟巢”没得说，“水立方”也漂亮得惊人，我们的运动员更是个个结实得像小老虎似的，令人想起了《三国演义》中形容赤壁之战前东吴士兵的话：“真熊虎之士也！”

千万不要再搞出像《亚洲雄风》那样的主题歌了。一上来就是：“我们亚洲，山是高昂的头；我们亚洲，河像热血流……”，不仅全是废话，而且有自吹自擂之嫌。试想，如果非洲开运动会，张口就唱“我们非洲如何如何”，如果美洲搞运动会，歌词全是歌颂该大洲的物华天宝、人杰地灵，别洲的人听起来是不是有些滑稽？

墨丘里

奥运会是有会歌的，叫《奥林匹克圣歌》，曲子是古典的弦乐风格，由希腊著名诗人帕拉马斯作词，歌词华丽得像莎剧台词，现在看来有点与时代脱节，但与当时那个华贵、高雅的文化氛围还是般配的。20 世纪 80 年代以后，每届奥运会上都有一首主题歌。其中我最欣赏的还是 1984 年洛杉矶奥运会的

《欢乐通宵》、1988 年汉城奥运会的《手拉手》，这两首歌好就好在都唱出了一种博大的情怀，无论什么肤色，无论什么种族，都能为之心潮澎湃。

1992 年奥运会主题歌《巴塞罗那》由英国皇后乐队的主唱墨丘里作词作曲。在我看来，墨丘里是摇滚歌手中的歌剧演员，或者说是歌剧演员的摇滚歌手，率领皇后乐队在歌坛建立起自己的“华丽王朝”，他那种华美恢弘的风格特别适合奥运会这样的殿堂。1988 年，墨丘里和西班牙著名女高音卡巴耶合唱的《巴塞罗那》就已问世，并很快得到了全世界的认同，成为排行榜上的又一首常胜歌曲。可惜，在巴塞罗那奥运会的开幕式上，我们没能看到两人的同台表演，因为在奥运会开幕前一年，也就是 1991 的 11 月 24 日，墨丘里因艾滋病而英年早逝，没有来得及登场就撒手尘寰。而卡巴耶也因为朋友的离去，拒绝再与其他歌手合作演唱这首歌，因此，在巴塞罗那奥运会的开幕式现场，我们没能欣赏到这首《巴塞罗那》，这不能不说是个巨大的遗憾。

作曲方面我不太懂，但作词方面自认还有点发言权。我以为，我们的词作者文学修养普遍不够，哲学修养就更是可怜，所以只好在一些表面化的“中国元素”和“地域风情”里面打转，很难指望他们写出带有超越色彩和终极关怀意味的歌词来。这一点也值得提醒张艺谋同志一下，他如果再把开、闭幕式搞得像《英雄》《满城尽带黄金甲》，就把我们本来很璀璨的文化弄得很没劲了。我们要的是内在的底蕴，而不是表层的形式主义。

莎拉·布莱曼已经唱过两届奥运会，一次和卡雷拉斯，一次和刘欢搭档

奥运会得体现文化，而这种文化，不但要包含着传统文化的底蕴，更应该是全世界都能欣赏的、浓缩着人类文明精华的文化。其实，单从竞技的激烈火爆程度上看，单从一支运动队命运的跌宕起伏程度上看，奥运会比不上世界杯，甚至不如 NBA 总决赛、F1 赛车、法网等单项运动赛事。那么，人们为什么要争先恐后地共赴奥运盛会？说白了，就是为了能够在竞技过程中看到文化的面影、文明的光亮。在奥运赛场上，年轻的运动员展示着他们的体魄，展示着他们的青春，但他们并不是奥运会的全部，甚至不是奥运会的主角；真正的主角，是文化，是文明——

北京奥运会，一定要让人们看到凝聚着人类文明精华的文化的面影，然后心生向往，心生敬畏。

2007 年 8 月

第三辑　曾经驴耳

曾经驴耳

莫扎特在写完歌剧《后宫诱惑》后，十分自得，他在给朋友的信中说道："除了驴子耳朵以外，各种人所需要的东西，我的歌剧中都应有尽有了。"

不好意思，我就曾经是这样的驴耳。在少不更事的年纪，莫扎特的音乐根本听不进去；后来听一点，还是詹姆斯·拉斯特乐队根据莫扎特改编的轻音乐；现在慢慢地听进去了，才发现无限的好，后悔自己为什么傻乎乎地当了那么多年笨驴。

正在那里瞎羞愧，看到傅聪的一篇访谈，敢情他也有自己的驴耳经历。傅聪不久前还乡举办音乐会，弹的第一个作品是海顿的《G 大调奏鸣曲》，他对记者说自己弹的时候很紧张，因为这首曲子是刚刚学的。傅聪的原话是这样的："那个海顿奏鸣曲，就是最近才学的。而且我还强烈的谴责自己：为什么到现在才发现海顿，才开始研究海顿奏鸣曲！对我来讲，永远有新的天地在那儿让我去发现去追求。"也就是说，海顿的音乐是春风，而傅聪的耳朵曾经是驴耳，特大号的驴耳。然而，迟乎哉，不迟也。能听到，就是收获；听进去，就是胜利。

以前我去音像店淘古典音乐碟，总是挑挑拣拣，怕胡乱买回去不好听。现在看来，不是音乐不好听，而是自己的耳朵不好使。其实，只要是差不多的，都可以带回家，耐心倾听，它们有一天都会变成春风的，满耳，满室，满怀……

听的音乐多了，我也开始尝试着写起乐评来了。古今中外写乐评者，基本上可分为三个流派。一是"生理感觉派"，其代表作是刘鹗的《老残游记》，里面写听王小玉说书，有一连串诉诸听众身体的比喻——"五脏六腑里，像熨斗熨过，无一处不服帖；三万六千个毛孔，像吃了人参果，无一个毛孔不畅快……"生动自然是生动，但这一派过于形而下了，属于身体写作范畴，这样写下来，说不定会将听音乐等同于打喷嚏、排泄等生理活动了。

另一派是"印象派"。在他们的作品中，你往往能看到这样的程式化语言：“在悠扬的乐曲声中，我们仿佛可以看到……这样的一幅画面……”非要把音乐翻译成画面，思路过于单一，也过于规矩，有点像小学生看图作文了。

还有一派可以称为“玄言派”。这一派把音乐创作看作是与宇宙规律相契合的过程，于是在他们眼里，巴赫与伽利略、斯特拉文斯基和霍金，所干的根本就是一回事。“玄言派”的代表要数米兰·昆德拉，他的音乐随笔真是独步天下，充满哲思，但有的文字显然过于形而上了，我看不懂，看不懂还得说好——谁能说霍金的《时间简史》不好呢？

仔细想想，乐评家实际上是一群无聊的家伙，非要给原本纯净的音乐加上那么多附会，结果不单把读者说糊涂了，把自己也给绕进去了。还是老杜说得简明：“此曲只应天下有，人间能得几回闻？”老杜可能觉得越说具体越说不好，干脆来上这么一句，而所有的玄妙尽在其中了。

是啊，好的音乐真的就是来自其他星球的外星人，你真的不知道会在什么时候会和它们邂逅，从哪个店铺或酒吧里飘出，从哪个音箱或声道里传来，不由分说地将你击倒。唯一知道的是，每一次邂逅都将是一次人生的奇迹，都将是对大小驴耳们的最好的救赎。

2005 年 9 月

我愿是莫扎特生命那粗鄙的一半

天才的三副面孔

音乐史上有两个莫扎特。

一个是气质优雅、在宫廷里轻舞蹁跹的莫扎特，纯得能掐出水来；

一个是言语粗俗、在朋友间屡开黄腔的莫扎特，黄得能流出油来。甚至对待一些女性，言语也痞里痞气，没半点正经。他自己也在一封给父亲的家书中招认说："假如凡是我同她开过玩笑的女性都同我结婚的话，至少我会有两百个老婆。”而另一封写给慈母的家书，看起来简直触目惊心，因为里面的脏字就达十多个，“放屁”、“大便”等比比皆是，最后更是匪夷所思地对母亲写道：“等到星期一那天，啊唷！我将荣幸地拥抱你，亲吻你好看的手，可是且慢，首先让我把屎拉在裤子里！”

是的，这两个看似相差十万八千里的角色，如此“完美”地统一在空前绝后的天才身上，让后人颇费思量。

我们不能说前者是明，后者是暗；也不能说前者是正，后者是邪；更不能说前者是天使秉性，后者是魔鬼附身……我们只能说，前一个是生命力，后一个也是生命力；前一个是创造力，后一个也是创造力——两者共同造就了莫扎特。

这不是人格分裂或灵肉冲突，而是相辅相成、相互滋养。所以，我们无法作出“切割”，否则这个天才就会在阳光下消散，或者干脆插上翅膀飞回到他的地方——不跟我们玩了。是的，当你禁止他讲黄段子时，他也就再不愿意写（或者说根本写不出）那些优美欢乐的小步舞曲了。

我们必须给他比一般人更充分的宽容。须知，他是个天才，而且是个那么孩子气的天才——或许更准确的说法应该是，他是个将俗气和孩子气混杂在一起的天才。当我们现在来看莫扎特的思想境界，会发现的确不高，一个例证是他对于同时代伟人伏尔泰的评价。1778 年 5 月 30 日，启蒙运动的精神领袖伏尔泰离世，震动了全法国乃至全欧洲。而莫扎特却在 7 月 3 日给父亲的信中写道：“那个不信上帝的头号大坏蛋伏尔泰像一条狗似地一命呜呼了，这是他的报应！”可见，莫扎特是站在当时社会上凡俗的、僵化的主流思想一边的，所以发自内心地视伏尔泰先生为异端了。

莫扎特的两重性自然也投影到他的创作中去。幸运的是，18 世纪和 19 世纪之交，正好是城市形态日益彰显的时代，是市民文化方兴未艾的时代；莫扎特在那样一个时代找到了宽容，尤其是在歌剧这种市民艺术中找到了宽容。旋律和唱词都那么高亢或者高雅，而对白却是那么插科打诨，甚至低俗下流——两者都深受当时的新兴阶层——市民阶层的追捧。前者使他们进入到了一个优雅的艺术世界，激活了他们对于真善美的向往；后者使他们发现了世俗生活的情趣，也使他们有了可以在自己的日常话语中反复演绎的段子，就像今天在手机短信中传播的段子一样。

想起了布封的名言：风格即人。

也想起了远在遥远东方的汤显祖，写出旷世巨作《牡丹亭》《紫钗记》的汤显祖。他生活在社会风潮和审美风潮差不多的年代，面对的同样是新兴的市民阶层，他也要同时完成抒情和调笑、净化和宣泄的双重任务，我称之为“粗鄙与优雅的双重变奏”，清词丽句和插科打诨必须兼备，从而带给受众双重愉悦。

艺术家是两半的，因为受众也是两半的，只是我们没有艺术家表现得那么明显，其实应该说，我们没有能力和技巧把这两半都表现得那么华彩。

我们每个人，都是两生花。

想一想那时的宫廷，多好啊，刚讲完一个段子，就在女伴的娇嗔中，拉起她的手，跳起了小步舞曲。

多么共生，多么融洽啊！如果硬要选择，我愿是莫扎特生命中那粗鄙的一半。

2010 年 4 月

贝多芬的秘密花园

贝多芬是历史上第一个真正走出宫廷的音乐家。

首先，当然是人身上的“走出”。在贝多芬之前的巴赫和莫扎特们，终其一生都摆脱不了“御用”两个字的束缚，这两个字仿佛刺在他们眉心的印记。他们必须时时仰仗宫廷的恩宠，听候王公贵族的差遣，虽然看起来出入大小宫殿，风光无限，其实不过是王公贵族的“乐奴”而已。以海顿为例，才华横溢的他曾长期在十字街头卖唱，后来虽然做了匈牙利贵族艾斯特哈齐的家庭副乐长，但专横的艾斯特哈齐把艺术家当作自己的“私产”，海顿和他签订的合同，条件之苛刻，完全是一张“卖身契”。到了莫扎特的时代，音乐家的地位稍高了一些，由卖唱变为听上去很洒脱的“演奏旅行”，然而莫扎特在萨尔斯堡大主教手下供职时，地位仍同雇工一样，只能与男女仆役同桌而食……而贝多芬，却成功地从宫廷的重重束缚中“突围”。这一方面与时代背景的变化有关，另一方面也与他本人强大的人格优势有关。贝多芬的那句名言：“公爵现在有的是，将来也有的是，而贝多芬却只有一个”，我以为是人类艺术史上最为劲道、最为敞亮的话语之一，说它是艺术家们的“独立宣言”，也不为过。

其次，是风格上的“走出”。巴赫和莫扎特的音乐，总体上看，仿佛华丽而规整的宫殿的倒影，其音乐逻辑是线性的，音乐图式是几何的。如果说巴赫的乐曲严谨中带有一丝玄妙的话，那也不过是幽深宫殿中一处奇幻的迷宫；如果说莫扎特的乐曲清秀中带有一丝俏皮的话，那也不过是典雅庭院中一处轻灵的喷泉，或是后花园里的几条交叉小径。听着他们的音乐，我们不由自主地想戴上假发，穿上镶嵌着金纽扣的燕尾服，或端坐，或起舞，或陷入短暂的凝思，或采撷飘飞的情绪。相比之下，贝多芬就远离了这种宫廷美学，他的音乐逻辑是跳跃的，音乐图式是开放和不规则的，更重要的是，他一头扎进大自然里，扎进自己的秘密花园里，从那里面流泻出来的音乐，带着赤裸裸的心跳和喘息，带着赤裸裸的呓语和呼喊，带着赤裸裸的电闪和雷鸣……

贝多芬最经典的作品，每一件似乎都完美地对应着一幅自然图景。《致爱丽丝》是春天的小溪，由不得你心田不起涟漪；《命运》是夏日的雷电，把你灵魂上积存的灰尘全都震落下来；《月光》是仲秋的清风，寥廓而充满着博大的慈悲；《英雄》是严冬的暖阳，威严肃穆中又包含着能融化坚冰的温暖。倘若用一个词来概括贝多芬的风格，那么非“壮丽”莫属，既不同于巴赫的“典丽”，也不同于莫扎特的“俏丽”。贝多芬的作品，第一次让听众通过音乐清晰地看到了“壮丽”，是贝多芬，使这个形容大好河山的词语，在交响乐中找到了自己的“家”。

大好河山，原本就是贝多芬无穷无尽的灵感源泉。每一处有风景的地方，都是他的秘密花园。早在少年时代，贝多芬就常常伫立在故乡美丽的莱茵河畔，眺望峰峦起伏的七峰山，当他入神地欣赏大自然美景的时候，音乐的灵感在心中悄悄萌动了，于是他很遗憾地轻声告诉走到跟前想要交谈的人：“对不起，我正陷入美好的遐思，别打扰我！”罗曼·罗兰说，自然是贝多分“唯一的知己”。贝多芬自己也说：“世界上没有一个人像我这样爱田野……我爱一株树甚于爱一个人。”在维也纳，贝多芬每天沿着城墙兜一个圈子，城郊的田野风光怎么也看不厌。在乡间，他喜欢独自在野外散步，不戴帽子，顶着太阳，冒着风雨。有时衣服淋得透湿，他也毫不在乎，反而视为乐事。因此，朋友送给他一个雅号：“濡湿的贝多芬”。

他一视同仁地厚爱着每一株草木、每一滴露珠、每一朵云彩，而这些草木、露珠、云彩，也争先恐后地想挤进他的作品中，披上音符的外衣，露出自己的面影。对于它们的加入，贝多芬既满心欢喜，又应接不暇。他在野外散步时，常常是走着走着，就突然停住脚步，急遽地在本子上记录下偶然萌发的乐思。他说过："我带着谱纸在山谷土丘里走，乱涂了一大堆。没有人在世上能像我这样地爱乡野了。"他有一个最喜欢去的场所，那就是传为美谈的"显痕勃伦的树根"。他的这一特别爱好尽人皆知，许多描绘贝多芬的画都是以这个树根为背景的。据说他不少乐曲的主题，就是坐在树根上构思出来的。他常常是坐在那里看着想着，神思便恍惚起来，或者疯狂地写着乐谱，或者忽地站起来，一直跑到很远的地方，以至多次被巡察斥责或被视作浪人而遭诘问。这真是"别人笑我痴与癫，我笑别人看不远"，当那一片片花木雨云的影子在一个个旋律或节奏之中浮现的时候，那些曾经的痴望、枯坐和疯跑便都有了意义。

关于贝多芬与自然的关系，还是罗曼·罗兰阐述得最透彻："贝多芬是自然界的一股力；一种原始的力和大自然其余的部分接战之下，便产生了荷马史诗般的壮观。"的确，贝多芬本来就是大自然奔涌的精气中最充沛的一部分，与其说他忠实地描摹了自然，不如说他忠实地向世界袒露了自己。

2007年8月

玻 璃 心

今年春天我坐在剧院里听老柴的《1860 年序曲》，听隆隆的大炮声。恐怕这是人类音乐作品中最雄浑、最阳刚、最有力度的声响了，就像把观众架到受刑台上，忍受炮烙的阵痛与快感。一曲终了，在掌声中大幕落了下来，灯光暗了下来，寂静重新降临，此时在幽暗里似乎有一个声音传来，轻轻叩击我的鼓膜，那是老柴《天鹅湖》中的音乐。可能这又是音乐作品中最纤细、最阴柔、最有绵度的声音，好像让观众躺在草地上，接受草尖一点一点的撩拨。一时之间我呆住了，很难想象，这两种呈两极分化的乐音都是由同一个人创作出来的——这个人该具有怎样敏感的艺术灵魂啊！

齐秦在《玻璃心》中唱道："爱人的心是玻璃做的/既已破碎了就难以再愈合/就像那只摔破的吉他/再已听不到那原来的音色……"其实，不单是爱人的心，一切敏感的心都是用玻璃做的。

有意思的是，柴可夫斯基从小就被叫做"玻璃男孩"，这是他的家庭教师给起的外号，因为这个孩子像玻璃一样脆弱，听《唐璜》都会感动得大哭。长大之后，他似乎不好意思再作小儿女态了，于是把哭声藏进了音乐。他写交响乐，写歌剧，写芭蕾舞曲，但即使是在掩饰得很好的地方，人们仍然能听到无以复加的悲伤，所以有的人干脆把他叫做“哭泣的机器”。

如泣如诉的精妙乐思后面，是常人难以想象的自我折磨。柴可夫斯基的确是一个异常敏感的人，平时手中总是把玩着笔杆之类的小物件，并喜欢做女人的家务。每当作曲时，他更是如临大敌，神经脆弱到了不能忍受时钟“滴答”声的地步。他总是先关上房门，把外界的声音全挡在门外，似乎只有万籁俱寂，他心中这一“籁”才能发出鸣响。

在情感的艺术化上，柴可夫斯基和勃拉姆斯形成了两极。两人都陷入了“不可能的爱情”，前者是同性恋，后者是对于有夫之妇的暗恋。但勃拉姆斯的作品是极端的内敛，听他的作品，你会觉得心一点一点收起来，最终回复平静生活；而柴可夫斯基则愿意让自己的情感泛滥开来，如流水傲然地漫过堤岸，让旁人看了有点瞠目结舌。事实上，两人对对方的风格都很不欣赏。柴可夫斯基甚至在自己的日记中写道：“我刚刚弹了那个混账勃拉姆斯的作品，他真是一点才华也没有！这样一个自吹自擂的庸才居然被誉为天才，我一想到就生气。”至于我，在欣赏口味上有点摇摆不定，但比较多的时候是偏向柴可夫斯基的。我觉得，勃拉姆斯的内敛和节制的确达到了很高的境界，也更容易获得专家的喝彩，但滥情有的时候也需要，滥就滥一下吧。

1893年8月，柴可夫斯基完成了最后一部作品——《第六交响曲》，他认为这是自己“最好的一部作品”。在给朋友的信中，他沾沾自喜地说：“我一生从没有这样满足过，从没有这样骄傲过，因为我确确实实做出了一件好东西。”

这种无比满足的神情究竟什么样，不好想象，不过，许多年后我在另一个同性恋音乐人的脸上看到了。那是在张国荣的演唱会上，他在唱《我》：“我就是我/是颜色不一样的焰火/天空海阔/要做最坚强的泡沫/我喜欢我/让蔷薇开出一种结果……”显然，这首歌是一次对于身份的确认，是一篇关于自我的宣言，张国荣在唱的时候，嗓音有一点嘶哑，但脸上带着微笑，无比坚定，无比满足。

不由想到，在港台俗语中，同性恋就被称为“玻璃”，究竟是怎么来的我不得而知，或许还含有一点戏谑的意味，而我则联想到了“玻璃心”，从中看到了一种深深的悲悯。

其实，老柴在写《第六交响曲》时，张国荣在唱《我》时，他们的心在经历一阵突如其来的巨大满足后，已经碎了。在无人看见的地方，他们把碎片悄悄拾起来，放在音乐里，镶嵌成光彩夺目的水晶。

2005年11月

雨一直下

秋天到了，老天爷也厚起脸皮来，雨就这么好意思地下个不停。过去人们所说的“长脚秋雨”，指的就是这种情形吧。

自然界有万千不如意，艺术界也有万千美妙与之抗衡，此时此景，舍肖邦其谁？我想起多年前听过的一句歌词“雨天不要说分手”，出自意大利歌星戈塞勃演唱的《我爱肖邦》，说的也是雨天，也是离别，而肖邦的钢琴曲正是这两种情形的最佳伴侣。后来，王菲把《我爱肖邦》翻成粤语版的《我爱雀斑》，弄得意境全无，也真够厚脸皮的。

在我粗浅的印象中，肖邦是一个“以不变应万变”的作曲家，无论什么主题，他永远是那么像雨滴般的两下子，缓缓地渗透着。“如果眼泪是一种声音，那么，这种声音就在肖邦的前奏曲中。”肖邦的传记作者克尼柯斯这样说道。如果大自然也会流泪，那么不消说，这眼泪就是雨。眼泪、肖邦、雨，这三者形成了一种奇妙的同构关系，形成了一个结构稳定而优美的三角形。但肖邦不是柴可夫斯基那样悲恸的“哭泣机器”，他的情感是有分寸的，浅淡的忧愁如秋雨，偶尔也有春雨般的浅淡欢欣，但因为一直下着，就织成了一张极有韧度的网，让人逃脱不开。

都说中国人最适合弹奏肖邦，因为有自个儿的古典诗词阅读经验作底。从傅雷到李云迪，全是这么说的。的确，我在听肖邦的钢琴曲时，就想起许多清婉的古典诗词来——两者都擅长写雨，写离别，而且分寸感都极好。如果过于悲痛，那就不是告别，而是永诀，轻轻地告别是因为残留着重聚的希望，无论是肖邦还是我们的古代诗人，似乎都不愿把这点希望吹灭；如果风雨大作，那就会成为苏东坡的《有美堂暴雨》，甚至成为老舍《在烈日和暴雨下》之类的中学生范文，状物生动逼真，但却没有了韵味——“久旱逢甘霖”这种情绪表达出来，总显得急猴猴的。

南宋词人蒋捷的《虞美人·听雨》下阕云：“而今听雨僧庐下，鬓已星星也。悲欢离合总无情，一任阶前点滴到天明。”凑巧的是，肖邦的《雨滴前奏曲》也是在寺院的小屋里写的，那是1838年，他和乔治·桑一起住在马略卡岛上。某晚乔治·桑雨夜外出归来，看见肖邦正坐在钢琴前，弹着这首乐曲。想必那一夜最初落下的是细雨，洗净庭前橘树叶片上的沙尘，肖邦指尖下流出的是明朗的音乐；可能不久雨量转中到大，音乐的气氛也变得阴郁而低沉，似乎有一种狂野想要发作出来，但最终还是归于寺院般的克制和沉着，像是僧侣们在夜诵，诵经的声音在空荡的院子里低回。悲也好喜也好，所有的情感都没有随地爆炸，而是升腾起来，抵达厚厚的云层，再变成雨点缓缓落下，在这个过程中，既完成了净化，也完成了升华。

肖邦的钢琴曲也特别适宜做背景，它不像交响乐那样让你一惊一乍的，也不像圆舞曲那样让你忍不住要舞之蹈之。你可以一边听着一边静静地做着其他事，过了好一会儿回过神来，发现音乐还在那里流淌。就如同你隔了许久，望一望窗外，发现秋雨还在下，雨一直下，清冽的凉气不知不觉中溢满了整个房间……而在雨幕中，仿佛有一双手穿越几个世纪，静静地弹出那些雨滴般的音符，而那个叫乔治·桑的女子悄悄地站在他身旁。“我爱肖邦，”看着那白皙而修长的手指，她在嘴里轻轻地嘟哝着；“我爱肖邦，”乐评家庄裕安说坐在钢琴前的肖邦就像一朵水仙，那般惹人爱怜；“我爱肖邦，”这也是我们所有人想说的话。

然而，肖邦自己的总结陈词却让人无限伤感：“我不曾一次如自己所愿的被爱过。”

2005年9月

冬之祭

建筑是空间的艺术，音乐是时间的艺术。而大自然作为最大的魔法师，是既玩空间艺术，又玩时间艺术，前者表现为日月山川、高原盆地，后者则表现为春夏秋冬、一年四季。如果没有四季更迭，日子将变得多么单调和乏味，这难道不是最美妙的时间艺术吗?

用音乐去表现四季，则是两种时间艺术之间的对话。先说歌曲。无论是周璇的《四季歌》还是达明一派的《四季歌》，抑或李玟的《想你的365天》，都有一种流水般的画面感，在字里行间营造出电影蒙太奇般的效果。《想你的365天》中这样唱到："春风，扬起你我的离别/夏雨，打湿孤单的屋檐/秋夜，飘落思念的红叶/冬雪，转眼又是一年"，时空转换的节奏如此迅捷，也就把相思之情渲染得如此迫切。当然，最动人的恐怕还是那首也叫《四季歌》的日本民歌，用亲情、友情和爱情来为四季的风物"命名"，情景交融，浑然天成：

喜爱春天的人儿是心地纯洁的人，像紫罗兰花儿一样是我的友人；
喜爱夏天的人儿是意志坚强的人，像冲击岩石的波浪一样是我的父亲；
喜爱秋天的人儿是感情深重的人，像抒发感情的海涅一样是我的爱人；
喜爱冬天的人儿是心地宽广的人，像融化冰雪的大地一样是我的母亲。

四季也是古典音乐永恒的主题，不著一字尽得风流，似乎更能够把握大自然本真的律动，也更能够营造超越语词的想象空间。

其实，作曲家的个人气质本身就有着一定的"季节感"。日本著名盲人音乐家宫城道雄说："听西洋音乐时，我认为最善于想象鸟声和流水声的是莫扎特的作品。他的作品具有任何音乐家所没有的明朗气氛。所以，我每次听莫扎特的曲子时，便想象着春天的音响。此外，外国的新作品里，斯特拉文斯基的《春之祭》等，我听着也感到饶有情趣。"

如果说莫扎特是春天气质，那么贝多芬就是偏于夏天气质了。虽然四季在贝多芬的音乐中都有精妙的呈现，但夏天那种如火的热情和巨大的冲突感，与他的个人气质最为合拍。美国作曲家格什温的《蓝色狂想曲》也每每让我想到夏天，想到星空之下无边的梦幻，也想到闷热之下的焦灼和烦躁。

至于秋天气质的音乐家，就多了去啦。“非干病酒，不是悲秋”，其实是正话反说。像肖邦、柴可夫斯基、勃拉姆斯，都有着秋天的愁苦，有着冬天的寂寥，也有着秋天的洁净，外加一点点飘逸，应该算是最正宗的“文艺腔”了。

维瓦尔第

穆特演绎的《四季》非同凡响

冬天气质似乎是北欧作曲家的专属气质，比如格里格、西贝柳斯。乐评家辛丰年认为，“欲寄荒寒无善画，赖传悲壮有能琴”，王安石的这一联完全可以套在西贝柳斯身上。因为“他不但善画荒寒之境，听其乐章，往往是寒气逼人，又总是含着犷悍倔强的精神，显出一种壮美，绝不觉得枯寂消沉”。

但我以为，生于意大利的维瓦尔第写冬天也写得甚好，在他的小提琴协奏曲《四季》中，《冬》最为引人入胜。《四季》由四首三乐章的协奏曲构筑而成，分别描绘春、夏、秋、冬四个季节，几百年来一直是世人百演不倦、百听不厌的经典之作。维瓦尔第作为巴洛克时期音乐的代表人物，最讲究的是“画意盎然”，或挥洒泼墨，或工笔细描，都展示出画龙点睛的功力。所以，这里还是不能免俗地将《四季·冬》的三个乐章“翻译”成画面：

第一乐章（不太快的快板），描绘冬天的难以抵御的严寒：“北风凛凛，白雪皑皑，冰天雪地，战栗不止，顿足奔跑路途艰，牙齿格格直打颤。”

第二乐章（广板），屋外下着冻雨，屋内人围坐在火炉边，品尝热酒，感受温暖安宁的浪漫气氛。此情此景与户外冰天雪地对比鲜明，更显醉人。

第三乐章（快板），则着重刻画一个滑冰的场景：“冰上溜，慢慢行，谨防滑倒要小心，忽然急转而摔倒，爬起身来又急跑，不料滑到冰窟边。”返回屋内后，再聆听户外“风神们的开战”。

其中的第二乐章非常出名，曾被改编为轻音乐而广为流传。该乐章旋律一上来简直有点蛮横无理，不由分说地带来撕心裂肺的感觉，像一块冰晶猛地从中间开裂，然而随着旋律的不断上升，很快就让人振奋起来，到最后竟有说不出的温暖。如同白居易的小诗：“绿蚁新醅酒，红泥小火炉。晚来天欲雪，能饮一杯无?”

无怪乎在作品的总谱上，维瓦尔第会特别写道：“这是冬天，但这样的冬天带来欢乐。”

冬天以最严苛的方式砥砺着脆弱的生命，由此也催生出最浓烈的存在感和忧患感，总是迫切地想要去做些什么，在苍莽大地上留下一点印迹，在茫茫人海中寻找一点支援——通过这样的不停劳作和奔忙，换来恬美的安歇和畅快的相聚。我虽出生在夏天，属于“七月份的尾巴，你是狮子座。八月份的前奏，你是狮子座”，但最近一两年，却一天比一天地喜欢冬天。在春天和夏天的时候，我的脑细胞似乎总是处于休眠状态，往往到深秋才会苏醒，然后在冬天里收获最多的灵感。此外，冬天是聚会最多的季节，是饮酒最多的季节，是最渴望友情和亲情的季节。

把心智、友情、亲情，都放到冬天的祭坛上，文火慢烤，手留余香。

2010 年 2 月

肉声的力量

《玫瑰人生》是支法国名曲，我起初听的是轻音乐，先是保罗・莫里哀的演奏版本，后是理查德・克莱德曼的版本。曲子很动听，也听到心里面去了，但只进去一点点，不够深。

舒曼夫妇

前一阵子听到《玫瑰人生》被唱出来了，是小野丽莎唱的，作为插曲用在了《天下无贼》里。听了那么多的轻音乐版本，猛然听到了人声，总是一种惊喜吧。然而这还不是最深切的感动，直到有一天看了部法国片，叫《Love Me If You Dare》，翻译作《敢爱就来》。影片里的男主人公有两个孩子，女主人公有一个球星丈夫，但两人还是相爱了，爱得死去活来。后来，在倾盆大雨中，男主人公低声唱起《玫瑰人生》这首歌曲，“当他拥我入怀/我看见玫瑰色的人生/他对我说爱的言语/天天有说不完的情话”，唱到一半忘词了，这时女主人公上来拥抱住他，吻在一起，用只有对方能懂的语言把这首歌唱完，而此时，那个球星和那两个孩子的母亲就呆呆地站在一边……

相比之下，男演员的清唱最无技巧，对《玫瑰人生》的演绎最质朴，但最无技巧、最质朴的东西却最感人，胜过保罗·莫里哀，胜过理查德·克莱德曼，胜过钢琴，胜过小提琴，胜过这琴那琴的组合……

非得唱出来吗？是的。我觉得，在某些特定的时候或某些特定的情境之下，就必须唱出声来，即便再稚嫩的歌声也比再典雅精致的乐曲好。因为后者里面没有人声，没有人的呼吸和心跳。中国古代说“丝不如竹，竹不如肉”，也就是同样的道理。所谓“肉”，指人声，更指肉身，那是爱的起点，也是爱的终点。

舒曼与克拉拉结婚那年，他几乎只创作歌曲了，因此那一年被称为舒曼的“歌曲年”。舒曼还带着难以自抑的爱意和兴奋，在给友人的信中这样写道：“我无法告诉你，跟器乐曲比起来，为声乐创作是多么令人快乐的事。每当我坐下来开始工作时，这份快乐就会在我心中激荡。”另一位大作曲家格里格说得更加明白：“为何歌曲在我的音乐中扮演如此重要的角色？很简单，因为我与其他凡人一样（用歌德的话来说），被上天赐予天分，而那天分就是爱。我曾爱上一位具有完美歌声及诠释天赋的年轻女郎，她后来成为我的妻子，也是我终生的良伴。”格里格的妻子叫妮娜，一个本身就很有乐感的名字。

非得唱出来吗？是的。当乐器的共鸣腔里无法承载过于浓烈的情感时，它就必须在胸腔里酝酿和迸发出来。你可以唱得超级大声，或兴奋或悲愤，像卡拉斯在《蝴蝶夫人》中那样响遏行云地唱出来；你也可以轻声低吟，甚至毫无乐感地低吟，像《对她说》中男护士夜以继日地在女植物人身边喃喃自语，直至将她唤醒——

那是肉身对于肉声的诱惑，那是肉声对肉身的礼赞。

2005年11月

情欲的高蹈

伍迪·艾伦导演的《赛末点》，是一部描绘婚外情的影片，也是一部“傍歌剧”的影片。

所谓“傍歌剧”，是指配乐中采用了大量的歌剧素材，每当主人公的情感达到一定的浓度，总会有歌剧里的唱段响起。比较著名的有：威尔第《游吟诗人》的选段《在我猛烈的攻击之下》，比才《采珠者》的选段《我想我依然听到她的声音》，威尔第《弄臣》的选段《亲爱的名字》，罗西尼《威廉退尔》的选段《等等，这多让人难过》，多尼采蒂《爱情灵药》的选段《一滴美妙的情泪》……据好事者统计，共有9个选段之多。虽然加入了这么多歌剧配乐，但与剧情的进展严丝合缝，并没有生硬和突兀之感。其实，你只要听听这些选段的名字，就知道它们串起了一条多么精妙的情感逻辑线，从忐忑到狂热，从狂热到冷淡，从冷淡到悲凉，再从悲凉到毁灭。

这让人想起近20年前的另一部婚外情电影——《致命的诱惑》，由大名鼎鼎的迈克·道格拉斯和格伦·克洛丝主演。一个是事业有成、家庭幸福的中年男律师，一个是品味脱俗、一直独身的出版社女编辑，因为一次邂逅而陷入到惊心动魄的婚外恋情之中。整部影片里不断出现歌剧《蝴蝶夫人》中的歌声，与跌宕起伏的情节交织在一起：两人关系融洽时，听来让人断肠；两人关系紧张甚至一方已经动了杀机时，听来又让人惊魂。总之，那样的剧情，那样的歌声，都让人无法平静。

大量采用歌剧素材的电影，远的还有《纯真年代》，近的还有《你爱我多深》，全是不伦之恋，全是见不得光的欲望，全是不被祝福的爱情。

说实话，歌剧这种歌唱样式，从内容到形式，从旋律到节奏，都是与当下的日常生活不合拍的。一言以蔽之，它相当地“矫揉造作”。但在影片中，作为婚外恋的背景音乐，却又是那么妥帖、那么般配，甚至相互砥砺、相互促进，共同把情欲推向一种华美和高亢，一种日常生活中少见的华美和高亢。

威尔第

《茶花女》剧照

而这种华美和高亢的下方，就是危险的悬崖，就是万劫不复的深渊。歌剧那种耗尽歌者所有情感和声线的唱法，分明是一种展示自杀的艺术——随着歌声由弱到强，由低回到高昂，无论是歌者还是听众，都感觉自己的胸膛胀痛得厉害，像装满了弹药的武库，一步步地逼近爆炸的临界点，痛感和快感并存，最后时分，最大的痛感和最大的快感同时来临，爆炸之后归于沉寂。

《赛末点》的结局是死亡，一如《采珠者》；《致命的诱惑》的结局也是死亡，一如《蝴蝶夫人》。

很早以前就听说过一则关于歌剧的笑话：一个小男孩跟着妈妈去看歌剧，只见舞台上男主人公中剑了，但他没有倒下死去，而是长长地唱起歌来。男孩问：他怎么还不死啊？妈妈回答：这就是歌剧。

是的，这就是歌剧，这就是情欲的高蹈，当那把自铸的利剑扎在自己胸口上时，仍然要放声歌唱，响遏行云——

"亲爱的名字是我跳跃的心房所呼唤的名号，我的心思将随你而飞扬，直到我最后一口气息……"这首《亲爱的名字》出自《弄臣》，是威尔第最著名的咏叹调之一。音乐学者说，威尔第在他的音乐中展现了"人性、激情、软弱和自欺欺人"；而这四个词，恰好也正是婚外情的绝佳写照。

诗人奥登说："每个唱得准确的高音 C 都有力地打破这个神话：我们只是命运和魔法的玩偶。"这话真是充满了无限的反讽，更道尽了人生的局限：只能在艺术世界里"虚拟"地打破，而在现实世界里，我们照样必须俯首称臣。这也回答了两个问题，即我们为什么需要艺术，以及我们为什么必须忍耐人生。

2007 年 7 月

“空中飞人”的下落

有些人是专门为高度而生的。

且不说那些思想和境界的高度，单说躯体和肉身的高度。据说，有一种印第安人，称为摩霍克斯印第安人，仿佛是飞鸟的化身，他们活在世上，只愿意干一种活，而这一种活也只有他们愿意干和能够干。那就是从事建筑高层楼房的高空作业，他们似乎有着特殊的天赋，能在贴近云端的脚手架上如履平地，完全不知“恐高症”为何物。纽约等大都会的高楼大厦能够拔地而起，摩霍克斯印第安人功不可没。在旁人看来，这样的“云端作业”是痛苦，而在他们眼里却是享受；在旁人看来，这是委屈，而在他们眼里却是快意。

还有一种“空中飞人”，活在自己的嗓子上，跳跃腾挪在音符之间，恰如普契尼所言：“你必须走在旋律的云端上”。我指的是那些令人难忘的女高音。她们干的也是空中飞人的活计，而且是那种特别刺激的空中飞人，生生地给装在了炮筒里，然后像一枚炮弹被击出，沿着声音的曲线急速上升，果敢地达到最高点，再划出优美的抛物线下落……和所有杂技场上的“空中飞人”一样，玩成功了，观众叫一声好；如果不小心掉下来了，观众叹一口气。

然而，也就像总是失败等着跳高运动员的最后一跳，等待着飞人们那最后一飞的，正是无情的“坠落”二字。所以，我们不必再去重温伟大女高音们的辉煌时刻，而是重现她们的坠落时分——这或许是对于她们最好的纪念，为了忘却的纪念。

先说伟大中的最伟大者——卡拉斯，原本她有着一副女高音的标准身材，匀称而略胖，而歌唱事业正好需要那一点“略

胖”。可惜卡拉斯陷在了爱情里，为了更长久地吸引那位花花肠子的希腊船王，她决定去减肥。对于一个女高音来说，这其实是对自己艺术生命的戕害，在身体消瘦下来的同时，声音也因失去滋润而变得枯瘦，最终完全枯萎。

再说稍微通俗一点的——惠特尼·休斯顿，她的嗓音可一点不通俗，玩的也是极限运动。代表作《我将永远爱你》，为世上的女声树立了高八度的标杆。可惜惠特尼也陷在了爱情里，与乐坛“流星”、貌似甚有才华的鲍比·布朗纠缠不清，两人的婚姻历时十四个风雨春秋，充斥着酗酒、吸毒、几次三番的入狱以及家庭暴力等诸如此类的喧嚣。直至2006年，惠特尼·休斯顿与鲍比·布朗才彻底宣告分手。也就是在这样的情感游戏中，惠特尼·休斯顿号称金属般永不磨损的嗓子一点一点地消耗。当一次演唱会中，那个八度终于没有能够拉上去时，媒体发出一片嘲弄之声，未尝没有一点“她终于掉下来了”的幸灾乐祸，而当她此前跃上高峰时，媒体溢美之词铺天盖地——这是势利，抑或是残忍?

还有与惠特尼并称双子星座的玛丽亚·凯莉，都说她像花蝴蝶，其实在唱《英雄》《没有你》之时，我觉得她更像一只威风凛凛的狮子鱼，或者是一只有着艳丽花斑的刺豚，总之是胸腔特别膨胀、气息特别绵厚的海洋动物，令人类望尘莫及。在爱情上的遭际，玛丽亚和惠特尼也几乎如出一辙。一开始是个花花大亨——哥伦比亚唱片总裁汤米·摩托拉，他对于玛丽亚·凯莉的成名大有助益，但后来还是抛弃了她；然后又是一系列花花大腕——棒球选手德瑞克·基特、拉丁歌手路易斯·米格、饶舌歌手阿姆，同样不是省油的灯。于是玛丽亚·凯莉不仅失声了，甚至一度——疯了。

玛丽亚·卡拉斯

正如你所见，卡拉斯胖了，玛丽亚·凯莉疯了，惠特尼·休斯顿残了……普契尼的名作《为了艺术为了爱》，是他的经典名剧《托斯卡》中的配乐，卡拉斯也恰好唱过。艺术和爱，两者似乎是并列关系，其实在女人心事里，爱是永远摆在艺术之上的，因为爱是那种比飞人更不要命的玩法，一会儿冲到云端，一会儿又坠下海平面。

还是那句话：玩成功了，观众叫一声好；如果不小心掉下来了，观众叹一口气。

永远待在地面的看客，又如何能与飞在空中的人感同身受？

2009 年 3 月

等灵魂赶上来

人到中年，如果还在听流行音乐，那么一定会喜欢上爵士乐。

中年是分裂的年龄，身与心的分裂。听觉老了，已经消受不了甜歌、小调的甜腻，也消受不了摇滚、舞曲风格的吵闹；但心仍然渴望年轻、渴望流行，于是爵士乐就很自然地飘了过来，靠近你，穿透你。

让我们就顺着“分裂”这个词一路走下去，会发现它竟如此紧密地与爵士乐纠缠在一起。

三四十年代的上海滩，村上春树笔下的东京——爵士乐盛行的地方，似乎都是正在经受“文化殖民”的地方。那里的文化状态是分裂的，人们处于东西方文化的夹缝之中，是迷离而摇曳的爵士乐慰藉了他们的心灵。爵士乐是带着一点点麻醉感的，在东方人比较纤细的感官听来，就更是如此。

爵士乐的麻醉感的下面，是挥之不去的忧伤。这种忧伤，来自于歌者分裂的生存状态。20 世纪初期的美国，酒气弥漫的酒吧，香雾氤氲的夜总会，黑人歌者舒缓而低沉地演唱着，通常在这样的环境里，他们的脸孔必须挤出几分微笑，他们的歌词必须带着几分甜俗，就连歌曲的配器也必须带着几分轻浮。在闪烁的灯光映射下，他们的黑色皮肤泛着琥珀似的亮光，这似乎掩饰住了他们的忧伤；而当灯光熄灭时，他们的脸孔和黑暗几乎融为一体，这时的忧伤终于逆流成河。

那是因为，他们有着忧伤的血液，有着忧伤的基因。

整个美洲黑人的心灵史，都浓缩在那个人所共知的寓言里："在墨西哥，一个人要搬迁到山顶，请了当地的印第安人搬行李。走了一会儿，印第安人停下来休息了，喊也喊不动。过了一会儿，上路了，但没过多大会儿，又停了下来。这个人很奇怪，就问印第安人：你们为什么总是要停下来呢？印第安人回答说：我们走得太快了，灵魂跟不上来，我们要歇一歇，等灵魂跟上来。"这则寓言的主角是印第安人，但我觉得，它更是一则隐喻，适合于一切有着颠沛流离命运和苦难屈辱记忆的民族。

曾几何时，厄运突然降临到非洲大陆。无数的非洲黑人像牲口一样被抓住，像沙丁鱼一样被塞进船舱，在奴隶主的皮鞭驱赶下，他们远离故土，一路漂洋过海，来到了全然陌生的美洲大陆，许多人在路途中就死了，而活着的人再也没有能够回去。

他们走得太匆忙，而且是完全违背自己意愿的行走，身躯和灵魂就这样分裂了——他们的躯壳被强制地留在这个把他们当作奴隶的国度，而他们的灵魂还留在大洋之上，甚至还留在遥远的非洲。

于是，他们充满忧伤地等待，等着自己的灵魂赶过来，与自己的躯壳合二为一。等待是痛苦而漫长的，但等待中也会开出花来。这花，是民谣，是灵歌，是布鲁斯，是爵士乐。尤其是爵士乐，使黑人歌者能够登堂入室，在舞台上占据了一席之地。爵士乐来源于19世纪美国南部的黑人民谣，后者是种植园中的黑奴在劳动和生活中自发创造演唱的歌曲。19世纪末随着黑人奴隶制的废除，黑人民谣吸收了其他音乐类型，很快发展成为爵士乐，这是一种用歌曲讲故事的新的音乐交流形式，黑人在歌声中讲述自己的苦难、欢欣与爱恨传奇。诺贝尔奖得主、美国黑人女作家托尼·莫里森在《爵士乐》一书中指出，爵士乐从民歌演变为城市音乐的历史，可以看作是解放了的黑人生活变迁的象征。

可以说，爵士乐是黑人音乐的第一支冲锋号角，预示着黑人音乐将剧烈而长久地改写世界流行音乐的历史。他们倔强地唱着，在灯红酒绿、纸醉金迷的欢娱场所倔强地唱着，每取得一点艺术上和商业上的成功，他们就去掉了一道身上的枷锁，就增加了一分自信，灵魂也就同他们更靠近一些……

终于，他们的身心充分融合，他们的状态彻底放开，一种接着一种的音乐风格在他们手中诞生了：史蒂夫·旺德、迈克尔·杰克逊、莱昂内尔·里奇、王子普林斯、玛丽亚·凯莉乃至吹牛老爹，从这些音乐中，你已经不太能够听到以往的忧伤和内敛，更多的是热情、张扬、跳跃，再加上几许神奇和狂野，仿佛把非洲的阳光、雨露、丛林、灵兽都搬了过来。

听着这样的歌声，我就想起了那些在篮球场上、足球场上、田径场上奔跑的非洲孩子，他们是那么强壮、那么矫健、那么灵巧、那么自信，汗水里全是阳光的味道——他们真是天之骄子啊！

但从艺术角度说，我还是最喜欢爵士乐，可能因为我无比留恋那种等待的心境，留恋那种分裂的声音。

2007年8月

大悲泣声

早就听人说，《春香传》吹响了韩国电影复兴的号角。兴冲冲地找来一看，故事是东方文化中甚为老套的“受冤—伸冤”模式，剧情和演员都很稀松平常，倒是有一个细节给我留下了深刻印象：每当剧情发展到一定阶段，就会出现一个韩版的说书人，想来是韩国特有的戏曲演员，这时镜头里只有他一个人，只见他自顾自地又说又唱起来，声调是极为悲怆的，并作痛心疾首状，仿佛有巨大的无法排解的悲哀在其中。

稍后又看到由北野武监制的日本影片《玩偶》，里面也不停地穿插着戏曲的片段，想来是日本能剧吧。也是悲悲切切的做派，让人的心紧缩着，同样也使得整个影片的悲剧情调一波波地荡漾起高潮。

《玩偶》剧照

奇怪的是，过了很久之后，那个说书人的身影，那些能剧的场景，还时而在我眼前萦绕，那些痛到深处的哭腔也偶尔在我耳畔流动，仿佛它们不是来自影视剧，而就是从周遭的日常生活里涌现出来的。

几十年前的京剧电影《野猪林》，不也是这样的悲声一片吗？当演到冤情的最高潮——林冲被发配从军之时，真是情何以堪，于是乎来了一个总爆发：一边哭腔流转，一边演员头上的辫子甩来甩去，动作幅度极夸张，仿佛不仅要把辫子，也要把自己的声音彻底扭断，才肯安歇。小时候，我看到这样的场面，总是极端地不理解；现在，不但理解了，而且进而想到，冤屈其实并不只是来源于一时一事，不只是来源于春香的冤狱或林冲的白虎门，更是与生俱来的一种生命伴生物。有有形的冤，更有莫名的冤屈；有具象的冤屈，更有本真的冤屈。就像海德格尔在存在主义哲学中一再申明的“被抛感”：人是被突然抛到这个世界上的，手足无措，孤立无援。是啊，还有被不由自主地抛到某个陌生而异己的地方，更为冤屈的吗？

顺便说一句，有一个乐队叫轮回的，其主唱吴桐的唱腔，我就戏称为“充军式唱法”，声音很高很冲，混合着“冤情”和“激情”，夹杂着“情非得已”和“义无反顾”，每每听到他及其乐队翻唱的《在水一方》和《酒醉的探戈》，我都会联想起《野猪林》里充军的场景，很存在主义，也很东方。

野猪林

不仅东方文化如此，西方文化也差不离。大导演阿尔莫多瓦的《对她说》里面夹杂着不少西班牙民间歌唱艺术的片段，吉他声沉郁，歌唱声悲切，一起刺激着观众的泪腺。看来，每一个民族的声音母题中，都有一个哭泣的传统，印刻在那些古老的民谣或戏曲之中，留存在民众的集体无意识中。当你在繁华的街市，猛然与这一传统相逢，你会一下子被震住，甚至会忍不住暗自掉下眼泪。

但总的说来，这些哭声正在离我们远去。现代人变得越来越不会哭了，或者说，不会哭得那么有生命意识。作家张洁曾说："哭丧算不算音乐，特别是农村老辈子妇女哭起丧来的时候，我甚至担心这种哭腔可能会失传。"倒是从一个特别的角度，表达了对现代人哭的能力的怀疑和担忧。

眼下，你如果想听到真正的哭声，恐怕要去黄土地，去听一听秦腔，其实也就是美化了的"哭腔"；或者到某个更蛮荒的原始部落，去听一听那里人们的吟唱，这时你看吟唱者的脸，会看到一种久违了的亲切，而这种亲切，不仅能引发泪液，而且能疏通血液，把你同幽远的古老血脉联系在一起。

2009 年 5 月

西肥东瘦

有绿肥红瘦，也有环肥燕瘦，而在音乐美学上，则有一个“西肥东瘦”。

东方音乐美学史上，“高山流水”是一个坐标，坐标背后是钟子期和高渐离那消瘦的身影，总的美学基调是清寂的。又过了千余年，又诞生出“广陵散”这一个坐标，定格住嵇康那孤苦的面庞，总的基调是枯涩的，甚至是肃杀的。其标志物，正好是一把伶仃的古琴。

再看西方音乐，标志物则是一把丰满的小提琴，浑圆而洋溢着曲线美的共鸣腔，充满着色度，也充满着肉感。的确也有一位艺术家——20 世纪 20 年代巴黎最有名的美国摄影师曼·雷，采用了叠印的方法，将一对小提琴的符号放到了裸女光滑的脊背上，合成了一把人体小提琴，真是“严丝合缝”，说不出的媚惑，给人以无穷的遐想。该摄影作品叫《安格尔的小提琴》，该模特儿叫奇奇……

正如胸腔的大小决定了高音的层次，共鸣腔的大小也决定了乐器的力量。不可否认，西方音乐文化在这方面是有一定优势的。从最初的管风琴到钢琴再到提琴，共鸣腔所占乐器的比例是越来越大了；到了小提琴，整个尺寸比例似乎都有些畸形了，却恰恰成就了那完美的曲线，和女体的曲线一样，成为宇宙中最美妙的曲线之一。

我以为小提琴是西方音乐美学最重要的代表，其音乐表现力也最为丰美，往往只需一把，就胜过万马齐啸。众所周知，二胡是主悲的，唢呐又是主喜的，东方乐器的表现力时而会有局限。而小提琴是横跨悲喜两界的，能在不同的艺术风格之间自由地游走。奥地利人克莱斯勒真是小提琴大师，写了一首《爱之喜》，又写了一首《爱之悲》，我想，大师在炫技时，内心是颇为得意的，也算是一种“左右手互搏吧”。克莱斯勒本人极富传奇色彩：年轻时唯恐自己名气不够大，别人不愿接受他的作品，因此他曾模仿旧时期音乐家的风格创作许多乐曲，并将乐曲冠上那些知名音乐家的名字，使这些作品得以迅速地广为流传。1941 年克莱斯勒在纽约街头漫步时遭车撞伤而不省人事，音乐界一度认为他没有希望重返舞台。然而一年后他就重登乐坛，演奏门德尔松的 E 小调小提琴协奏曲，并且技不减当年。

除了小提琴家，我还特别喜欢那些关于小提琴本身的传奇故事，最远的有古人用乌龟壳制作小提琴的典故，稍近的有意大利制琴大师的逸闻。话说 300 多年前意大利的克里莫纳，那里是当时的音乐艺术之都。斯特拉迪瓦里、瓜奈里与阿马蒂家族组成了世界上最好的三大小提琴生产家族，三人所代表的提琴制作水平达到登峰造极的境界，可说是前无古人，后无来者。三位大师制造的名琴各有特征：阿玛蒂甜美、透彻；斯特拉迪瓦里高贵细腻、富丽堂皇、有震撼力；瓜奈里色彩多变、厚实有力、穿透力更强。而这些提琴，每一把发音的点、音色的表现和把位等都是不太一样的。其中，瓜奈里制作的琴更多的是表现其个性和神秘。而他所做的琴更是没有一个准儿，音色忽高忽低，起伏不定，当时没有人要买他的琴，都说他乱做。瓜奈里回应说：“这些琴是给后人用的，并不是为现在的世界所造。”他的话和几十年后的贝多芬所说非常相似，贝多芬也曾说过他的音乐 100 年以后才会风靡全世界。1800 年，法国政府属下的一个提琴组织，集结了一群工匠，对瓜奈里和斯特拉迪瓦里留下的提琴进行了再加工。工匠们将提琴刮薄，而刮薄后的瓜奈里提琴呈现出完全另一番气象。当时就有著名小提琴家对这些琴做了评价——“上帝不仅创造了莫扎特，这些提琴更是上帝带给人间的珍贵财富。”

2000 年 9 月 21 日，斯特拉迪瓦里名琴协会将一把“维尼亚夫斯基”授予我国演奏家吕思清，那是瓜奈里于 1742 年潜心制作的，以小提琴家维尼亚夫斯基的名字命名。维尼亚夫斯基 1835 年 7 月 10 日出生于波兰的卢布林，父亲是医生，母亲善弹钢琴。他的音乐天分在他很小的时候便被发掘，6 岁起便爱上小提琴，8 岁已能参加四重奏的演奏。1843 年，他 8 岁时母亲带他投考巴黎音乐学院，这所世界闻名的音乐学院有一条清规戒律，不收 12 岁以下的外籍学生，在此之前他们曾经拒绝过少年李斯特的入学请求，但是这次院长奥柏破例收下了维尼亚夫斯基。维尼亚夫斯基自然也没有辜负人们的期望，他后来成为继帕格尼尼之后最伟大的小提琴演奏家。而“维尼亚斯基”诞生二百多年来周游全世界，估价约 600 万美元。

Albert Einstein
(1879-1955)

别忘了爱因斯坦的那一把。普朗克擅长钢琴，爱因斯坦擅长小提琴，是现代物理学界的佳话，在工作的余暇两位现代物理学人师经常来上一段合奏。后来爱因斯坦因纳粹迫害远走美国，据说一下飞机的他，手持一把小提琴，鬈发蓬蓬，风度翩翩，顷刻间征服了整个美国。

不妨再说一个大提琴坐飞机头等舱的典故：亚诺什·斯塔克是美籍匈牙利大提琴家，有“大提琴之王”的美称。有一年，他来中国参加北京国际音乐节，是免费演出，只要求给他三张头等舱的机票。当然，一张是给他的；一张是钢琴家的——他说一定不能讲钢琴伴奏，是合奏；那么第三张票给谁呢？原来，是他的那把大提琴，1705 年制造，比斯塔克大了 200 多岁。在他眼里，这把大提琴不仅是工具，而是伴侣，甚至可以说是父兄，当然要恭敬有加，以上座待之了。

所有这些，反映了人们对于提琴的膜拜——上帝的乐声，借提琴传出。

在提琴家族三姐妹之中，小提琴是轻灵的少女，中提琴是稳健的少妇，大提琴要算是雍容的贵妇人了。大提琴宗师马友友曾倾情演绎李安《卧虎藏龙》中的插曲《月光爱人》，东方的清寂和空灵，借大提琴的浑厚华贵传出，在那一刻，东西方美学似乎合流了。

2008 年 3 月

人间有味是轻欢

前面已经交代，我听莫扎特，最初听的是詹姆斯·拉斯特乐队改编的轻音乐。但没有詹姆斯·拉斯特的“轻”，我也就永远触及不到莫扎特的“重”了。

细数世界轻音乐乐团的三大天王——保罗·莫里哀、詹姆斯·拉斯特、曼托瓦尼，都是在上个世纪六七十年代兴起的。那正好是西方文化“失重”的年代，真正意义上的流行文化（或曰大众文化）开始形成，古典的、传统的文化观、审美观和价值观在逐步瓦解。从悲观者和怀旧者的眼光来看，那是生命中和文化上所不能承受之轻，但新的美学形态和艺术样式，正不以人们意志为转移地快速崛起。其中有摇滚乐，也有轻音乐。前面说过，披头士在录制《昨天》时，制作人马丁决定放弃使用鼓，而采用弦乐四重奏，当时麦卡特尼十分不屑地说：“我们是摇滚乐队，我们不要曼托瓦尼那种垃圾！”看来麦卡特尼对轻音乐大有成见。其实，它和摇滚是一个文化血脉上结出的胎，并且共同颠覆了传统音乐的大厦。

一言以蔽之，在轻时代，人民需要轻音乐。

在七八十年代的中国，轻音乐更是多了一层解放人们心灵的功用。我记得，除了这三大乐队外，还有一些零星的美丽，如罗马尼亚电影《沸腾的生活》插曲、墨西哥电影《卞卡》主题曲，听来都如痴如醉，并被各路听众在电台广播中反复点播。如今回忆起来，那些凝结在旋律中的画面还那么清晰：前者在海浪声的激荡下，展开了对于沸腾生活的憧憬；后者则是微风中的轻跑，清凉而爽洁……在最终促成轻舞飞扬的时代大合唱之中，这些轻音乐曲目是不应该被忘记的音符。

其后又陆续流行过理查德·克莱德曼、肯尼·金和雅尼，可见中国人的审美趣味还是偏于轻巧、轻盈、轻灵一路的，比较起来，更容易接受小品，而不是大戏。

苏联五六十年代曾经产生了一个叫“轻派诗”的诗歌流派，追求自然的净化、心灵的净化和语言的净化。其代表人物索科洛夫写过一首《我多么希望这些诗行》：

我多么希望这些诗行，
忘掉它们是一些词句，
变成天空、房顶、微风，
和潮湿的林荫道边的浓绿！

我希望透过翻开的书页——
就像穿过敞开的小窗——
射进阳光，传来鸟语，
飘来生活深处的芳香。

这首诗用于形容轻音乐也无比合适，只要把“诗行”改成“音符”就行了。

人间有味是轻欢。在审美领域，我基本上是一个轻派，喜欢小诗，喜欢散文，喜欢轻喜剧，喜欢短章般的爱情，喜欢生活深处的芳香。

2008年6月

良辰美景何日重现

安徽是不是文化大省，似乎还有些争议；而安徽是地方戏大省，则不容置疑。据统计，全国共有360多种地方戏，安徽就占了20多种，而且风格各异，姿态万千。

其中最有名的当然是徽剧和黄梅戏，都曾经辉煌一时，由地方戏而登堂入室，成为了全国性的剧种。在“造星”方面，也涌现出了程长庚、高朗亭、郝天寿、严凤英、王少舫、马兰、韩再芬、李龙斌等梨园名角。

但世上的事情又总是辨证的，一旦站到了高高的平台上，盯着的人就多了，这里面自然不乏风雅之士和饱学之士，他们总想对地方戏作些改造，使之文雅化、精致化。但往往就在改造的过程中，地方戏原有的质朴而鲜活的生命力和原创力萎缩了。

徽剧是经过“京派”改造，升格为京剧的，这都是前清的事情了。徽班进京，是中国戏曲史上的大事件，被称为国剧的京剧由此被催生。而徽剧则像一只吐出了自己最精华的丝的春蚕，此后便很难再有什么惊人的作为了。再者，经过这一改造，离老百姓就有些远了，特别是安徽这边的乡亲，就觉得它已经不是自己家门口的东西了。唯有从青阳腔、太平腔之类的声腔念白中，还能辨出一些乡土的痕迹。

黄梅戏因为一直保持着其地域感和归属感，所以是最让安徽人引以为自豪的。但从上世纪九十年代起，余秋雨先生等一批海上闻人看中了黄梅戏。客观地说，“海派”的改造，提升了黄梅戏的文化品位，丰富了剧目，也强化了诗意。但有的地方，也显得有些不伦不类，偏离了黄梅戏自身的属性和规律。比如，在形式上，黄梅戏是以欢快的小调取胜的，要演绎西洋歌剧似的咏叹调，就未必适宜；在内容上，黄梅戏是以世俗化的悲欢离合为内核的，有一点悲也是小悲，是为喜作铺垫的，最后往往还是大团圆，现在非要向学院派的古典悲剧（如莎剧、红楼梦）看齐，就未必承载得了，而且，有没有浓厚的悲剧感，也并不是判断一个剧种优劣的标准。这就好像一个乡下小姑娘，原本活泼、俏皮、可爱，但非要给弄到大宅院里当起了雍容华贵的大小姐，得意是得意了，但魂儿却失了。

除了徽剧和黄梅戏外，剩下的比较出名的还有庐剧、皖南花鼓戏和泗州戏。因为没有经过明显的改造，还保留着比较好的原生态。而且凑巧的是，这三个剧种的地域分布分别是在安徽省的中部、南部和北部，正好对应着安徽文化版图的三大块——江淮文明、长江文明和中原文明，并各自打上了比较重的文化烙印。

庐剧广泛流传于合肥、巢湖、六安一带，生活气息浓郁，适合的是城乡结合部群落的审美趣味，特点是：通俗易懂，吐字清晰，朗朗上口，表演生动。虽然庐州老乡李鸿章在出访德国时，曾“即兴”地将一段庐剧唱腔作为“大清国歌”，但庐剧恐怕同黄梅戏一样，并不适合走高雅化之路。据说，如今国有的庐剧团已经是名存实亡，几乎没有什么演出，但是民间的剧团却如火如荼，演员的收入比从前还有所提高。所以有识之士感叹道：“老百姓并不是不喜欢庐剧，是那些所谓的国营大剧团大演员受不了乡间地头的苦，不愿走到群众中去，动辄几百万排出来的戏只演几场，只演给那些不懂庐剧的领导看……庐剧应当唱给喜欢它的人听，不要再曲高和寡了。”

皖南花鼓戏的草根性则体现在流动性上，以前的剧团往往具有流浪性质。因为变动不居，所以形成了两个特色：一是内容要谐趣、出彩、抓人，甚至有点“荤段子”，在这一点颇像东北的二人转；二是兼容并蓄，广泛吸取了其他剧种的特点。民国时期，花鼓戏“四季班”在农村演出受到农民的热爱和欢迎，统治阶级对它的迫害却接踵而至，以“花鼓淫戏，败坏风化”的罪名明令禁演。如此一来，艺人们只能在农民的掩护下到偏僻地区演出。这不由让人联想起毛主席观看黄梅戏《张二女推车》时的情景，有人觉得这出戏是黄色的，主席却严肃地说：“不能把人民喜闻乐见的东西斥之为低级趣味。”伟人说得真是精辟极了。

泗州戏有着北方的苍凉和苍劲，带着几分黄土地色彩。泗州戏的表演艺术在说唱的基础上，大量地吸收了民间花灯、小车、旱船、跑驴等舞蹈表演形式，因此具有明快、活泼、朴实、爽朗、粗犷、豪放、刚劲、泼辣的特点。泗州戏又被称为“拉魂腔”，顾名思义，它更有张力和生命的质感，唱到豪放高亢处，会迸发出动人心魂的力量，这一点似乎有秦腔的影子。

套用托翁的一句话，安徽几大地方戏各有各的精彩，而面临的危机又都是相似的。不单是安徽，全国各地的地方戏都有着深重的危机感，年轻的观众群体难以生成，是其最大的问题。摆在地方戏面前的似乎有三条路可走：

一是像昆曲那样“古董化”，成为“琴棋书画”之外的第五雅，成为文人案头的摆设；二是像二人转那样“小品化”，通过春晚和央视八点档电视剧“大肆”进行炒作；三是像川剧那样“杂技化”，一个“变脸”绝活连刘德华都想学，年轻人似乎也愿意看个热闹和机巧。但其他的地方戏能不能走这样的路，还是一个必须分头考虑和仔细思量的问题。这里，有自身文化属性和艺术规律的问题，也有机遇和资源不均衡的问题。

良辰美景，何日重现？难道我们只能在严凤英、丁玉兰等人的录音中，重闻往日的荣光？当然，我在写这篇文字时，因了文人的积习，是偏于慨叹和担忧的，也是偏于理论化叙述的。或许，就在我慨叹的时候，某个地方戏小剧团正在散发着泥土清香的田间地头演出，掌声四起；就在我进行理论编织的时候，某个须发花白的老人正在村口盼着剧团下乡，望穿秋水……

地方戏的生命正在地方之内、乡土之中，它究竟应该怎样发展，会不会消亡，只有虚心地贴近那块土地，才能找到答案。

2006年9月

温柔的画像

勃拉姆斯

我是个文字匠，爱引用别人的理论，也爱自己瞎琢磨些理论。但每写作和思索了一段时间，总会有累了倦了的时候，因为，理论是灰色的，文字是蓝色的，只有形象之树常青。

于是要像充电似的，给自己充点形象。我的办法是看影碟，看美术书，看装修书。尤其是看装修书，一般人可能觉得有些奇怪，但对我特别管用。那一间间装潢精美的居室，激活了我的形象思维，激活了我的空间想象能力，使我能在理论与文字的重压下喘一喘气。

引以为憾的是，我至今不善于从古典音乐中获得形象，听古典音乐对我来说，很多时候是忍耐的过程，而不是享受的过程。国内著名的指挥家张国勇先生说过，音乐是听不懂的，音乐也是不需要听懂的。因为音乐是所有艺术中间最最抽象的一种，“只要觉得音乐好听，其实你就听懂了”。虽然他这样的说法对我有利，但我还是认为，音乐是需要你去懂的，作曲家在创作某一段旋律时，他的脑海一定有一个特定的鲜活的形象，听众只有凭自己的感受能力和想象能力，靠近了这一原初形象，才算是领略了音乐最玄妙的地方，才没有辜负音乐，辜负作曲家的苦心。

西贝柳斯在创作《第五交响曲》的过程中，看到的形象是天鹅：“我看见了16只天鹅。天啊！多么美啊！它们环绕着我许久，在晴空中消失，化为一根银带。它们的鸣声和鹤一样有如木管……但音域较低，像小孩啜泣声，是自然的神秘色彩和生命的悲歌。”于是便有了《第五交响曲》结尾那令人难忘的“天鹅主题”。雅纳切克在创作《斯拉夫弥撒曲》的时候，看到的则是莽莽林海，“我感觉到一座教堂由那浩瀚的林海中浮现，穹苍遥伸，极目渺渺无际。一群羊摇起铃声……高耸的枞林，林梢被星星点亮，那就是祭坛上的蜡烛……”

勃拉姆斯毕生对于舒曼夫人克拉克怀着精神上与情感上的爱。在写下《D小调第一钢琴协奏曲》中的慢板乐章后，他致函克拉克说：“我为你画了一幅温柔的画像。”可以想象，勃拉姆斯在写这一充满美丽与柔情的慢板时，眼前始终飘着克拉克的身影，他一心想的是：这个音符要与克拉克的发丝相匹配，那个音符则要与克拉克的微笑相匹配……

化学家凯库勒之所以能提出苯的结构图，是因为他梦见了一条蛇，是这条蛇引领他走向复杂的理论殿堂。这使我想到，爱因斯坦在研究相对论时，也是用形象思考的。比如，他可能会看到一列奔驰的火车，一只摇晃的水杯，一个青春不再的女子，一个变幻多端的时间怪兽……这些奇幻、美妙而又诡异的画面，被一个天才的智者看到了，然后又被其他少数几个智者看到了，从而引为知音。天可怜见，我和大多数人永远也看不到，正如可能永远无法从某些古典音乐中获得恰当的形象一样。所以，我敬畏科学，敬畏古典音乐。

思考和创作的过程是繁琐的、艰难的、痛苦的，但因为有了形象作支撑，才会有一种“冷暖自知”的喜悦扩散开来。我相信，爱因斯坦在思考最艰涩的时刻，也会有一丝惬意，是形象给了他这种惬意，让他变得柔软、变得放松，最后变得那么有力量——他看到了，他抓住了，他也赢了。有人曾去维也纳访问年老的勃拉姆斯，发现这个世人眼里的糟老头活得很快活：“他看起来很苍老，头发斑白，身材肥胖，但是他的脸上总挂着喜悦、如阳光般灿烂的微笑，似乎已体会人生的意义，且满足于自己的生活。”正因为有了对于克拉拉的爱，也正因为有了对于自己才华的爱，他变得无比温柔，想给世间的每一个物件都画上一幅温柔的画像。

这个世界本来就已经够美好的了，因为有了勃拉姆斯、爱因斯坦这样的温柔的画像者，它又多出了许多面孔，更加丰富，更加美丽。或许终其一生，我都无法看懂某些温柔的画像，但我仍然要感谢那些温柔的智慧，温柔的心。

2005 年 6 月

是谁为你脱的“大衣”

成家之后，就不好意思听那些流行情歌了。因为，都是情啊爱啊的狠词儿，再加上水汪汪的旋律，在家眷面前，你忽然之间就尴尬起来：做出情感反应也不是，怕引起误会；不做出反应也不是，那样歌曲不就白听了。

回想成长岁月，流行情歌曾如影随形地伴随我们走过，起到了“情感教育”的功能，打开了我们的情感阀门，帮助我们脱去了羞涩的外衣。如今，在“成家立业”之后，却又要将那件外衣披上了。

好在，还有古典音乐可以听。广义上说，所有的古典音乐都是——无字歌。为什么无字？我滑稽地猜测，可能创作者、演奏者和观众，都不想让自己变成一头过于赤裸的情感动物，从而变得尴尬吧？无字而有情，如此甚好。

于是，在看似端庄、实则闷骚的古典音乐面前，你的外衣又可以脱下了，甩在了地板上，而你安坐在沙发上，尽量摆出一副绅士的派头，其实，心潮翻涌。

但一走出家门，又是另一种情形。一位美国音乐评论家说，许多人穿着厚厚的“大衣”去听激动人心的音乐会，但直到音乐会结束，他们也没有脱下那件包裹自己心灵的“大衣”。

这样的人，把音乐会看成是一场社交聚会，而不是个人的心灵受洗和释放的节日。他们只与名利场有缘，而与音乐无缘。伟大的钢琴演奏家霍洛维茨也不无挑剔地指出：“公众中只有极少的人能够接受音乐传达的灵魂。更多的人得到的是情感的兴奋，最多的人是把音乐会当成社交。”

但从另一个方面说，无论是以哪一种形式“亲近”（或曰“利用”）音乐，总比完全拒斥音乐要好得多。因为，至少他们都把音乐放在一个相当有分量的位置上。至于我，目前对于古典音乐的接受，尚处于霍洛维茨所说的“情感的兴奋”这一层次，但我相信，总有一天我会清晰地看到“音乐传达的灵魂”。甚至，它们已经在我眼前若隐若现。

套用王国维的三重境界说，第一次因为流行情歌而脱去青春外衣，是第一重境界；第二次因为古典音乐而脱去端庄的外衣，是第二重境界；那么，第三种境界如尼采所言：“每一个生命中的日子，都应该在起舞中度过”，你尽情地在音乐声中起舞，不在乎任何羁绊，不必着任何丝缕。

2007 年 1 月

图书在版编目(CIP)数据

偏听偏信:私房音话/莫幼群著.—合肥:合肥工业大学出版社,2010.9
ISBN 978-7-5650-0263-2

Ⅰ.①偏…　Ⅱ.①莫…　Ⅲ.①随笔—作品集—中国—当代　Ⅳ.①I267.1

中国版本图书馆CIP数据核字(2010)第168310号

偏听偏信

——私房音话

莫幼群　著　　　　责任编辑　朱移山

出　版	合肥工业大学出版社	版　次	2010年9月第1版
地　址	合肥市屯溪路193号	印　次	2010年9月第1次印刷
邮　编	230009	开　本	710毫米×1010毫米　1/16
电　话	总编室:0551-2903038	印　张	11.75
	发行部:0551-2903198	字　数	204千字
网　址	www.hfutpress.com.cn	印　刷	中国科学技术大学印刷厂
E-mail	press@hfutpress.com.cn	发　行	全国新华书店

ISBN 978-7-5650-0263-2　　　　定价:25.00元

如果有影响阅读的印装质量问题,请与出版社发行部联系调换。